사랑은 그렇게 끝나지 않는다

Levels of Life

사랑은 그렇게 끝나지 않는다

JULIAN BARNES

줄리언 반스 지음 · 최세희 옮김

일러두기

1. 주석은 모두 옮긴이주다.
2. 본문 중 고딕체는 원문에서 이탤릭이나 대문자로 강조된 부분이다.
3. 책 제목은 겹낫표(『 』)로 표시했고 단편, 시, 노래, 영화, 연극, 오페라, 신문 기사 제목은 홑낫표(「 」)로 표시했으며 잡지나 신문 이름은 겹화살괄호(≪ ≫)로 표시했다.

팻에게

차례

비상의 죄

Julian Barnes

Levels of Life

이제껏 하나인 적이 없었던 두 가지를 하나로 합쳐보라. 그러면 세상은 변한다. 사람들이 그 순간을 미처 깨닫지 못할 수도 있지만, 그것은 중요하지 않다. 그럼에도 세상은 달라졌기 때문이다.

근위기병대 대령이자 항공학협회의 회원인 프레드 버나비는 1882년 3월 23일 도버 가스 공장에서 이륙하여 디에프*와 뇌샤텔의 중간 지점에 착륙했다.

사라 베르나르는 그보다 4년 전에 파리 중심가에서 이륙하여 센에마른**주의 에메랭빌에 착륙했다.

* 프랑스 북부, 영국해협에 면한 항구 도시.

** 프랑스의 센강과 마른 우아즈강이 접하는 지점에 있는 주로, 수도는 물룅이다.

펠릭스 투르나숑은 1863년 10월 18일 파리의 샹드마르에서 이륙했다. 강풍에 떠밀려 열일곱 시간 동안 동쪽으로 비행하던 그는 하노버 인근의 철로에 불시착했다.

프레드 버나비는 빨간색과 노란색의 기구 '일식'을 타고 홀로 비행했다. 기구의 몸체는 길이가 152센티미터, 너비와 높이는 91센티미터였다. 몸무게가 108킬로그램인 버나비는 줄무늬 코트에 머리에 딱 맞는 스컬캡*을 썼고, 햇볕에 화상을 입지 않도록 목덜미를 가리는 스카프를 둘렀다. 그는 비프 샌드위치 두 개에 아폴리나리스 광천수 한 병, 고도 측정용 기압계, 체온계, 컴퍼스에 시가도 두둑이 가지고 탔다.

사라 베르나르는 연인이자 화가였던 조르주 클레랭과 기구 전문 조종사 한 사람과 함께 '도냐 솔'이라는 이름의 주황색 기구를 타고 여행을 했는데, 도냐 솔은 당시 그녀가 코메디 프랑세즈에서 맡은 역할 이름이었다. 비행을 시작한 지 한 시간이 지나 저녁 6시 30분이 되자 여배우는 타르틴 드 푸아그라**를 만들며 어머니 역할을 연기했다. 기구 조종사가 샴페인을

* 성직자나 군인이 착용하는 모자로, 장식 없이 머리에 달라붙게 돼 있다.

** 버터와 푸아그라를 바른 빵 요리.

터뜨렸고 코르크 마개가 하늘을 향해 치솟아 올랐다. 베르나르는 은제 고블릿에 샴페인을 따라 마셨다. 그런 후 그들은 오렌지를 먹었고 빈 병을 뱅센 호수로 집어 던졌다. 갑자기 엄청나게 우쭐해진 그들은 발밑의 존재들을 향해 밸러스트*를 기분 좋게 내던졌다. 그 아래엔 바스티유 기념비의 발코니에 있던 영국인 관광객 가족들과, 그다음엔 전원에서의 소풍을 만끽하던 결혼 피로연장이 있었다.

투르나숑은 자신의 의기양양한 상상에서 태어난 산물인 기구로 여덟 명의 친구들과 여행했다. "나는 기구 — 지상 최대의 기구 — 를 만들 거야. 말도 안 나올 정도로 거대한 규모로, 세계 최대 규모보다 스무 배는 더 크게." 그는 그 기구의 이름을 '거인'이라 명했다. 거인은 1863년부터 1867년까지 다섯 번 비행했다. 이 두 번째 비행에는 투르나숑의 아내 에르네스틴과 비행 조종사 형제인 루이 고다르와 쥘 고다르, 최초로 기구를 탔던 몽골피에르 가문의 한 후손도 함께했다. 그들이 어떤 음식을 들고 탔는지는 기록에 남아 있지 않다.

* 배나 기구에 무게를 싣고 중심을 잡기 위해 바닥에 놓는 무거운 물건.

여기까지가 당시에 기구를 즐겨 탔던 사람들의 이야기다. 그들은 '기구에 미친 인간balloonatic'이라는 조롱을 행복하게 받아들였으며 하늘에 떠 있을 수만 있다면 뭐든 가리지 않고 올라탈 준비가 된 열혈 아마추어 영국인, '스타의 비행'을 감행한 당대 최고의 여배우, 그리고 '거인'으로 벤처 사업을 개시한 기구 전문가들이었다. 20만 명의 구경꾼이 거인의 첫 비행을 지켜보았고, 그중 열세 명이 각자 1000프랑씩 내고 기구에 올랐다. 기구의 바구니는 고리버들로 만든 2층짜리 오두막과도 같았는데 여기엔 다과실, 침대, 화장실, 사진실은 물론이요, 즉석 기념 책자를 제작하기 위한 인쇄실까지 갖춰져 있었다.

고다르 형제는 동에 번쩍, 서에 번쩍 했다. 그들은 '거인'을 설계·제작했고, 처음 두 번의 비행을 마친 뒤에 크리스털팰리스*에서 전시하기 위해 런던까지 비행했다. 그런 후 얼마 지나지 않아 셋째 동생 외젠 고다르가 그보다 훨씬 더 큰 열기구를 탔는데, 크리먼 가든스**에서 두 번의 비행을 감행했다. 이 정육면체 기구의 수용 공간은 '거인'의 두 배였고, 짚을 발열원으로 사용하는 용광로는 굴뚝까지 합쳐서 무게가 445킬로그램

* 런던 하이드파크에 세워진 최초의 만국박람회 건물.

** 1846년, 런던 템스강 둑에 지은 유원지.

에 달했다. 런던에서의 첫 비행 때, 외젠 고다르는 5파운드의 탑승료를 받고 영국인 한 명을 태웠다. 영국인의 이름은 프레드 버나비였다.

이 기구 비행사들은 제 나라의 국민성에 대한 세간의 고정관념을 기꺼이 따랐다. 영국해협 상공에서 기구가 멈췄을 때, 버나비는 '가스 유출에도 아랑곳 않고' 생각을 가다듬기 위해 시가에 불을 붙였다. 프랑스 어선 두 대가 그에게 신호를 보내 바다로 내려오면 건져주겠다고 하자, 그는 '그들을 교화할 목적으로《타임스》 한 부를 떨어뜨려 주는 것'으로 화답했다. 아마도 '실전에 능한 영국 장교는 혼자서도 문제를 거뜬히 해결합니다. 감사합니다, 모수*'라는 뜻이었으리라. 사라 베르나르는 자신이 기질적으로 기구 비행에 끌린다면서, 그 이유를 '나의 타고난 몽상가적 기질이 날 한시도 가만두지 않고 더 높은 곳으로 데려가기 때문'이라고 고백하고 있다. 짧은 비행 기간 동안, 그녀는 소박한 왕골깔개 의자를 제공받는다. 직접 서술한 기구 모험담을 출간하게 되었을 때, 베르나르는 기발하게도 이 의자가 보는 관점에서 이야기를 풀어나가기로 마음먹는다.

* 19세기 영국 은어로, 프랑스인을 지칭한다.

기구가 하늘에서 내려올 때면 평평한 착륙 지점을 찾아 밸브 줄을 잡아당긴 후에 갈고리닻을 던지는데, 닻가지가 땅에 꽂히기도 전에 기구가 12미터에서 15미터 높이로 다시 날아오르는 일도 흔했다. 그러면 그곳 주민들이 달려 나왔다. 프레드 버나비가 샤토 드 몽티니 부근에 착륙했을 때, 호기심 많은 촌부가 반쯤 공기가 빠진 가스 주머니에 제 머리를 집어넣었다가 질식사할 뻔한 적도 있다. 주민들은 기꺼이 풍선의 바람을 빼고 접는 것을 도와주었고, 버나비는 이 가난한 프랑스 노동자들이 영국 노동자들보다 훨씬 더 친절하고 공손하다고 생각했다. 그는 도버를 떠난 시점의 환율을 시시콜콜 따져 계산한 후, 10실링 금화 한 닢을 그들 쪽으로 던져주었다. 친절한 농부 무슈 바르텔레미 들랑레가 비행사에게 하룻밤 재워주겠다고 제안했다. 하지만 그게 다가 아니었다. 먼저 마담 들랑레가 저녁을 내왔다. 양파 오믈렛, 밤을 곁들인 비둘기 볶음, 야채, 뇌샤텔 치즈를 먹고, 사과주에 보르도 한 병과 커피까지. 모두 마시고 나자 동네 의사가 왔고, 푸줏간 주인이 샴페인 한 병을 들고 또 나타났다. 버나비는 난롯불로 시가에 불을 붙여 피워 물고는 '노르망디에 내린 게 에식스에 착륙한 것보다 훨씬 낫구먼' 하고 생각했다.

에메랭빌 근방에서 땅으로 내려오는 기구를 쫓아갔던 농부들은 그 안에 여자가 타고 있는 걸 보고 깜짝 놀랐다. 베르나르는 극적으로 등장하는 데 익숙했다. 이보다 더 위풍당당한 등장이 있을 수 있을까? 물론, 사람들은 그녀를 알아보았다. 촌부들은 그들 나름의 드라마를 들려줌으로써 그녀를 적절히 즐겁게 해주었다. 그즈음, 바로 그 동네에서, 정확히 그녀가 앉은 곳(이야기에 귀를 기울이며 화자로서 이야기하기도 하는 그녀의 의자)에서 몸서리칠 살인사건이 일어났다는 이야기였다. 얼마 지나지 않아 비가 내리기 시작했다. 가냘픈 몸매로 유명했던 여배우는 자기가 너무 말라서 빗물에 젖지 않는다고, 빗방울 사이로 다닌다고 농담을 던졌다. 그러고 나서 팁을 나눠주는 제의를 거친 후, 기구와 그 승무원들은 호위를 받으며 에메랭빌로 가서 제시간에 파리행 막차를 탔다.

그들은 자신들이 위험한 일을 하고 있음을 알았다. 프레드 버나비는 이륙한 지 얼마 되지 않아 가스 공장 굴뚝과 충돌할 뻔한 적이 있었다. '도냐 솔'은 착륙 직전에 숲 한가운데 처박힐 뻔했다. '거인'이 철도 선로 가까이에 추락했을 때, 경험이 많은 고다르 형제는 분별력을 발휘해 마지막으로 부딪히기 전에 밖으로 뛰어내렸다. 투르나숑은 다리가 부러진 적이 있었고, 그의 아내는 목과 가슴에 부상을 입어 고생을 하기도 했다. 가스를 발열원으로 쓰는 열기구는 폭발할 수도 있었다. 열풍선에 불이 난다 해도 전혀 놀랄 게 없었다. 이착륙에는 매번 위험이 따랐다. 기구가 크다고 더 안전하다는 법도 없었다. 거인의 사례가 증명했듯, 큰 기구는 바람 앞에선 더욱 속수무책이었다. 초창기에 해협을 횡단한 기구 조종사들은 수상 착륙을 대비해 흔히 코르크로 된 부력 재킷을 입었다. 그리고 낙하산 같은 건 있지도 않았다. 1786년 8월, 기구 역사의 초창기에 한 젊은이가 뉴캐슬의 몇백 피트 상공에서 추락해 죽었다. 그는 기구를 제어하는 밧줄을 잡고 있던 사람 중 하나였다. 돌풍이 공기 주머니를 홱 들어올렸을 때 그의 동료들은 밧줄을 놓았지만, 그는 계속 붙잡고 있는 바람에 몸이 위쪽으로 떴다. 그러고 나서는 땅으로 떨어졌다. 현대의 한 역사가의 말을 빌리면 '그 충격으로 그의 두 다리는 화단에 무릎 깊이까지 박혔고, 내부 장기는 파열되어 몸 밖으로 터져 나와 땅 위로 쏟아졌다'.

열기구 조종사Aeronaut들은 신新아르고노트*들이었고, 그들의 모험담은 지체 없이 연대순으로 기록되었다. 기구 비행은

* Argonaut. 기원전 그리스 영웅들이 황금 양피를 찾아 떠났는데, 그때 탔던 배가 '아르고' 호이며 그 배에 승선한 대원들을 '아르고 호의 선원'이란 뜻으로 '아르고노트'라 부른다.

도시와 마을을, 영국과 프랑스를, 프랑스와 독일을 하나로 이었다. 기구의 착륙은 사람들에게 순수한 열광을 불러일으켰다. 고작 기구 하나가 악을 불러올 리 있겠는가. 노르망디의 무슈 바르텔레미 들랑레의 집 난롯가에서 동네 의사가 국경을 초월하는 형제애에 건배하자고 제안했다. 버나비와 그의 새 친구들은 서로 유리잔을 부딪쳤다. 그 시점에 다분히 영국인답게 버나비는 군주제가 공화정보다 우월하다고 설파했다. 그러나 정작 당시 대영제국의 항공학협회 회장은 아가일*의 공작이었고, 세 부회장은 각각 서덜랜드 공작, 듀퍼린 백작, 귀족이자 하원의원인 리처드 그로스브너 경이었다. 그에 맞먹는 프랑스의 단체는 투르나숑이 설립한 '소시에테 데제로노트Société des aéronautes'로 더 민주주의적이고 지성적이었다. 그 단체의 귀하신 분들은 작가와 예술가들이었다. 조르주 상드, 알렉상드르 뒤마 부자, 오펜바흐 등이었다.

기구는 자유를 대변했다. 그러나 그 자유는 바람과 날씨의 권력에 영합하는 자유였다. 조종사들은 그들이 움직이고 있는지, 정지해 있는지, 상승하고 있는지, 하강하고 있는지 알 수

* 스코틀랜드 서부의 옛 주.

없을 때가 많았다. 초창기에 그들은 허공에 깃털을 한 줌씩 집어 던졌는데, 기구가 하강할 때 깃털은 위로 올라갔고, 상승할 때면 아래로 내려갔다. 버나비 시대에 이 기술은 더 발전하여 길고 가늘게 찢은 신문 조각들을 이용했다. 수평 위치에서 진행을 가늠하기 위해 버나비는 작은 종이 낙하산에 45.72미터에 달하는 실크 끈을 단 속도계를 직접 발명했다. 그는 기구 밖으로 낙하산을 던지고 끈이 완전히 다 풀리는 시간을 쟀다. 7초가 걸리면 기구가 시간당 19.3킬로미터를 이동한다는 뜻이었다.

비행의 첫 세기 동안, 대롱거리는 바구니가 매달려 있는 이 제어 불능의 공기 주머니를 다스리려는 시도가 수차례에 걸쳐 행해졌다. 키와 노가 달리기도 했고, 페달과 바퀴로 나사를 돌리는 송풍기도 동원되었다. 이런 장치들의 차이는 결과적으로 전부 근소했다. 버나비는 형태가 관건이라고 믿었다. 기구를 튜브나 시가 모양으로 만들고 기계장치를 돌리면 앞으로 나아갈 것이라고 믿었고, 결국 그것을 증명해냈다. 그러나 영국인이건 프랑스인이건, 보수이건 진보이건 상관없이 다들 비행의 미래는 중重항공기에 있다는 데 동의했다. 그리고 언제나 기구와 관련된 인물로 통했던 투르나숑은 '중항공기 공중수송 추진협회'를 발족하기도 했다. 이 협회의 총무가 바로 쥘 베른이었다. 또 다른 기구 예찬론자였던 빅토르 위고는 기구는 떠다니는 아름다운 구름과도 같지만, 인간에게 진정 필요한 건 중력을 초월하는 기적이라 할 수 있는 '새'에 필적하는 무엇이라고 말했다. 프랑스에서 비행은 대체로 사회적 진보주의자들의 관심사였다. 투르나숑은 현대성을 표방하는 지고한 상징 세 가지가 있으니 그것은 '사진, 전기, 항공술'이라고 썼다.

태초부터 새들에게 날개가 있었으니, 새는 신이 만드신 것이었다. 천사들에게 날개가 있었으니, 천사는 신이 만드신 것이었다. 남자와 여자는 긴 다리와 아무것도 달리지 않은 빈 등을 타고났으니, 신이 이유가 있어 그리 만드신 것이었다. 하늘을 나는 문제에 개입하는 건 신의 섭리를 거스르는 행위였다. 교훈적인 전설로 가득한 오랜 투쟁을 증명하는 거나 다름없는 행위였다.

예를 들면 시몬 마구스*의 경우가 그랬다. 런던 내셔널갤러리는 베노초 고촐리의 제단화 한 점을 소장하고 있는데, 그 프리델라**는 수세기 동안 조각 난 채 여기저기 흩어져 있었다. 그중 한 부분에 성 베드로, 시몬 마구스, 네로 황제의 일화가

* 신약성서 사도행전에 등장하는 마술사.

** predella, 여러 장의 그림이 수직으로 길게 이어지는 형태의 작은 제단화.

그려져 있다. 시몬은 네로의 총애를 받았던 마술사였는데, 그 입지를 확고히 하기 위해 자신이 사도인 베드로와 바울보다 막강하다는 것을 증명해 보이려 했다. 이 작은 그림은 그 일화를 세 개의 구획으로 나누어 설명하고 있다. 후경에는 나무로 만든 탑이 하나 있고, 이곳에서 시몬 마구스가 자신의 최신 마술인 '인간 비행'을 시연하고 있다. 수직 이륙과 양력揚力 발생에 성공한 로마인 비행사가 하늘로 향하고 있으며, 그림 상으론 그가 입은 초록색 토가의 아래쪽 반만 보일 뿐이다. 나머지 위쪽은 그림 맨 위 가장자리가 잘려나가서 볼 수 없다. 그런데 시몬이 사용한 비밀 로켓의 연료는—물리적으로나 영적으로나—불법 연료였으니, 그는 악마의 힘에 의지하고 있었다. 그림의 중경에는 성 베드로가 저 악령들에 깃든 힘을 없애달라고 하느님에게 기도로 간청하는 모습이 보인다. 신이 어떻게 개입했는가에 대한 신학적이면서 항공학적인 결과는 전경을 보면 분명해진다. 죽은 마술사와, 강제로 바닥에 내팽개쳐진 후 그의 입에서 흘러나오는 피를 보라. 비상의 죄는 처벌을 받게 된다.

이카루스는 태양신의 심기를 거슬렀다. 그것 역시 그릇된 처사였다.

1783년 12월 1일, 수소 풍선을 이용해 사상 최초로 비상한 이는 물리학자 J. A. C. 샤를이었다. 그는 이렇게 말했다.

"지구를 벗어난다고 생각했을 때, 나는 즐거운 것이 아니라 행복했다."

그는 또 이렇게 덧붙였다.

"그것은 '도덕적으로 옳은' 감정이었다. 다시 말해, 나 자신이 살아 있음을 소리로 들을 수 있었다."

대개의 기구 조종사들이 흡사한 기분을 느꼈고, 좀처럼 무아경에 빠지는 일이 없다는 프레드 버나비조차 예외는 아니었다. 영국해협 상공 높이 올라간 그는 도버의 증기선과 칼레의 우편선을 지켜보면서, 해협 터널을 만들겠다는 어이없고 가증스러운 최근의 계획안에 대해 곰곰이 생각하다가, 잠시 도덕적인 감정에 빠진다.

기구 주위의 대기를 짓누르는 불순물이 섞이지 않은 공기는 들이마시기에 가볍고 청량했다. 나의 영혼도 고양되었다. 잠시나마 편지도 우체국도 근심도 없고, 무엇보다 전보에서 해방된 곳에 있게 되어 즐거웠다.

도나 솔에 탄 '신성한 사라'는 천상에 있다. 그녀는 구름 위에는 '침묵이 아니라, 침묵의 그림자'가 있음을 발견한다. 그녀는 풍선이 '지고한 자유의 상징'임을 실감한다. 이는 또한 지상의 미물들 대부분이 배우인 그녀를 바라본 방식이기도 하다. 펠릭스 투르나숑은 '푸근하고 안온한 창공이 침묵 속에서 광대하게 펼쳐지며, 그 속에서 그 어떤 인력이나 악령도 인간에게 해를 미치지 못하고, 그는 마치 처음으로 사는 듯한 기분을 맛보게 된다'고 묘사한다. 이 고요하고 도덕적인 공간 속에서 조종사는 육체의 건강함을 그리고 영혼의 건강함을 경험한다. 고도는 '모든 것을 고유의 상대적인 비율로, 또는 진실에 가깝게 축소시킨다.' 근심, 후회, 환멸의 감정은 낯설어진다. '무관심과 경멸, 태만이 이리도 쉽게 떨어져 나가다니…… 그리고 용서가 내려오다니.'

기구 조종사는 마술의 힘을 빌리지 않으면서 신의 공간을 방문하고, 그곳을 제 영토로 삼을 수 있었다. 그 과정에서 그는 자신의 이해를 넘어서는 하나의 평화를 발견했다. 비상은 도덕적인 것이고 영적인 것이었다. 어떤 사람들의 생각 속에서, 비상은 정치적이기까지 했다. 빅토르 위고는 사뭇 단순하게, 중항공기가 민주주의로 이끌 것이라고 믿었다. '거인'이 하노버 근방에서 추락했을 때, 위고는 모금을 하자는 제안을 했다.

투르나숑이 자존심 때문에 이를 거부하자, 시인은 그 대신 항공술을 예찬하는 공개서한을 작성하기에 이르렀다. 천문학자 프랑수아 아라고와 함께 파리의 옵세르바투아르 가를 걷던 그는 마르스 광장에서 띄운 기구 하나가 그들 머리 위로 지나갔던 때를 묘사했다. 위고는 그때 함께 걷던 친구에게 이렇게 말했다.

"새가 되기를 기다리는 알이 하늘에 떠 있군. 새가 알 속에 있으니 곧 나타나겠지."

아라고는 위고의 손을 잡고는 열에 들떠 이렇게 말했다.

"그리고 그날 지구는 민중이라 불리게 될 거야."

위고는 이 '심오한 발언'을 지지하는 뜻에서 이렇게 말했다.

"'지구가 민중이 된다.' 전 세계가 하나의 민주주의가 되는 건가…… 인간은 새가 되겠지. 그 새가 얼마나 근사하겠나. 생각을 하는 새. 영혼을 가진 독수리!"

거창하고 허무맹랑하게 들리는 이야기다. 그리고 항공술은 저가항공사를 빼면, 사람들을 민주주의로 이끈 적이 없다. 그러나 항공술은 비상의 죄, 혹자에게는 분수를 넘어서는 짓으로 알려진 죄를 사하여주었다. 그렇다면 이제 저 높은 곳에서 세상을 깔보며 세상을 묘사하라고 명령할 권한을 가진 자는 누구였을까? 이제 펠릭스 투르나숑을 주목할 때다.

투르나숑은 1820년에 태어나 1910년에 죽었다. 키가 크고 호리호리한 체구에 갈기 같은 붉은 머리를 지닌 그는 천성이 열정적이고 한시도 가만있지 못하는 성격이었다. 보들레르는 그가 '믿기지 않을 정도로 활력이 넘쳤다'고 했는데, 그가 뿜어내는 에너지와 불붙은 듯한 그의 머리칼만으로도 기구를 능히 하늘에 띄울 수 있을 것 같았다. 그에게서 분별이 넘친다고 말하는 사람은 하나도 없었다. 시인인 제라르 드 네르발은 잡지 편집자인 알퐁스 카르에게 그를 소개하면서 '대단한 재간꾼이자 대단한 머저리'라고 말했다. 이후 편집자이자 절친한 친구였던 샤를 필리퐁은 그를 '합리성의 그림자가 드리우지 않은 재담꾼이다…… 그의 인생은 과거에도 그랬고 지금도 마찬가지이지만, 미래에도 언제나 일관성과는 거리가 멀 것이다'라고 했다. 결혼 전에 그는 홀어머니에게 얹혀사는 일종의 보헤미안이었고, 결혼 후엔 바람둥이와 애처가를 오가는 남편으로 살았다.

그는 저널리스트, 풍자화가, 사진가, 기구 조종사, 사업가, 발명가, 열렬한 특허 등록자이자 여러 회사의 창업자였다. 정력적인 자비 출판업자였고, 만년에는 신뢰성이 떨어지는 회고록을 줄기차게 써대는 작가였다. 진보주의자였던 그는 나폴레옹 3세를 싫어했고, 황제가 '거인'의 출항을 보려고 오면 부루퉁해서 마차에 틀어박혀 있었다. 사진가였던 그는 상류사회의 관습을 거부하고, 함께했던 패거리들을 기념하는 사진을 찍기를 더 좋아했다. 당연히, 사라 베르나르의 사진도 여러 번 찍었다. 그는 프랑스 최초 동물보호단체의 열혈 회원이었다. 그는 경찰관들에게 무례한 언사를 서슴지 않았고 (한때 빚 때문에 그 자신도 갇힌 적이 있었던) 형무소를 인정하지 않았다. 그는 배심원들이 '그가 유죄입니까?'라고 묻는 게 아니라 '그가 위험한 사람입니까?'라고 물어야 한다고 생각했다. 그는 대대적으로 파티를 열었고 식탁을 개방하여 가리지 않고 손님을 환영했다. 1874년 인상파 화가들이 처음으로 전시회를 열었을 때는 카퓌신 대로에 있는 자신의 스튜디오를 내주었다. 그는 신종 화약을 발명할 계획을 갖고 있었다. 그는 또한 일종의 말하는 사진을 꿈꾸었고, 그것을 '음향 은판사진'이라고 불렀다. 돈에 관하여 그는 대책이 없는 성격이었다.

그가 세상에 알린 이름은 리요네 지방 특유의 건실한 이름인 투르나숑이 아니었다. 청년기 보헤미안 시절, 그의 친구들은 서로의 이름에 새로운 세례명을 붙이곤 했다. 예를 들어 접미사인 '-dar'를 새로이 더하거나, 원래 있던 접미사를 빼고 그 자리에 대신 붙였다. 그래서 그의 이름은 처음엔 '투르나다르Tournadar'였다가 그다음엔 간단히 '나다르'가 되었다. 작가, 풍자화가, 사진가로 알려진 이름도 나다르였다. 그가 나다르가 된 1855년에서 1870년 사이엔 걸출한 인물사진가가 아직 출현하지 않았다. 그리고 1858년 가을, 그가 그전까진 하나였던 적이 없는 두 가지를 하나로 만들었을 때, 그때도 그의 이름은 나다르였다.

재즈와 마찬가지로 사진 역시 기술적 우수성을 삽시간에 확보하며 어느 날 갑자기 당대의 예술로 떠올랐다. 그리고 스튜디오의 한계를 벗어나게 되기가 무섭게 사진은 수평선상으로, 바깥으로, 저 건너로 퍼져나갔다. 1851년에 프랑스 정부는 '헬리오그래피* 사절단'을 조직했고, 다섯 명의 사진가를 대륙 너머로 파견해 국가 유산에 속하는 건물들(과 폐허들)을 촬영케 했다. 그보다 2년 전, 최초로 스핑크스와 피라미드를 촬영한 것도 프랑스인이었다. 나다르는 수평적인 것보다는 높이와 깊이를 포함한 수직적인 것에 더 관심이 있었다. 그의 인물사진들이 당대의 수준을 뛰어넘을 수 있었던 건 그 사진들이 더 깊

* Heliography, 1822년 프랑스의 니에프스가 발명했으며, 태양광선에 여덟 시간 가까이 노출하여 상을 얻는 가장 오래된 사진 기법을 가리킨다.

이 들어갔기 때문이었다. 그는 사진을 찍는 건 한 시간, 관련 기술은 하루면 배울 수 있다고 말했다. 그러나 배워도 얻을 수 없는 건 빛에 대한 감각과 모델의 도덕적 지성을 파악하는 능력, 그리고 '사진의 심리학적인 특성'이라고 하면서 '내겐 이 말이 만용으로 여겨지지는 않는다'라는 말을 남겼다. 그는 사진의 주제가 된 사람들이 조명, 막, 베일, 거울, 반사판 사이에서 자세를 취하게 하면서 잡담을 나누어 그들의 긴장을 풀어주었다. 시인 테오도르 드 방빌은 그를 '먹이 사냥에 나선 소설가이자 풍자화가'라고 불렀다. 이 심리학적인 인물사진들을 찍은 이가 바로 소설가로서의 나다르였으며, 이 허영심 넘치는 모델들이 군인들 이상으로 배우 행세에 능숙하다고 확신한 이도 바로 소설가로서 나다르였다. 소설가로서 그는 남녀 간에 드러나는 의미심장한 차이점 하나를 포착했다. 부부가 함께 사진을 찍은 후 그 인화 상태를 볼 때, 아내는 언제나 남편의 사진부터 보았고, 남편은 자기 사진을 먼저 보았다. 나다르는 인류의 자기애가 그러한 것이며, 그 때문에 사람들은 자신의 진정한 이미지를 보게 되면 필연적으로 실망할 수밖에 없다는 결론을 내렸다.

도덕적이며 심리학적인 깊이. 또한 육체의 깊이. 나다르는 파리의 하수도를 찍은 최초의 사진가였다. 그곳에서 그는 스물세 장의 사진을 완성했다. 그는 카타콤에도 들어갔으며, 1780년대에 공동묘지가 정리된 후에도 유골들이 무더기로 쌓여 있는, 하수도처럼 생긴 납골당까지 내려갔다. 그곳에서는 18분의 노출 시간이 필요했다. 이는 물론 망자에겐 전혀 문제될 게 없었다. 그러나 그는 살아 있는 사람을 조악하게 흉내 낼 양으로 마네킹에게 옷을 걸치게 하여 입힌 다음 각자 역할을 지정해 주었다. 그렇게 해서 야경꾼, 유골을 적재하는 인부, 두개골과 대퇴골로 가득 찬 수레를 끄는 인부가 탄생했다.

그리고 이제 비상의 문제가 남았다. 전에는 하나가 아니었으나 나다르가 하나로 합친 것은 그가 생각하는 현대성의 상징 세 가지 가운데 두 가지였다. 바로, 사진과 항공술이다.

그러기 위해 먼저 기구의 바구니 안에 검은색과 주황색 커튼을 이중으로 친 암실을 설치해야 했다. 암실 내부엔 아주 작은 불꽃 램프가 놓였다. 새로 나온 습판濕板 기술은 유리판에 콜로디온을 바른 다음, 초산은 용액에 담가 감광성을 주는 것이었다. 그러나 이는 능수능란한 손놀림을 요하는 성가신 과정이었기 때문에 나다르는 감광판을 챙겨줄 사람과 동행했다. 카메라는 달마이어에, 나다르가 특허를 낸 특수 수평 셔터를 사용했다. 바람이 살짝 불던 1858년의 어느 가을날, 두 남자는 파리 북부의 프티 비세트르 근처에서 말뚝으로 고정한 기구를 타고 하늘로 올라갔고, 세계 최초로 항공사진을 촬영했다. 그 동네에서 본부로 삼은 여인숙에 돌아온 그들은 흥분에 차서 감광판을 현상했다.

그렇게 해서 얻은 결과물은 전무했다. 혹은 이미지의 흔적을 전혀 찾을 수 없는 칙칙하고 시커먼 검댕빛 창공을 얻은 게 전부라고 하는 편이 옳겠다. 그들은 다시 시도해 보았지만 실패했다. 세 번째 시도에서도 여전히 실패였다. 정착조에 불순물이 섞였는지 모른다고 생각해서 정착액을 여과하고 또 여과했지만, 아무 소용이 없었다. 화학약품을 통째로 바꿔봤지만 여전히 달라진 건 없었다. 시간은 흘렀고 겨울은 코앞에 와 있는데, 이 위대한 실험은 전혀 성과가 없었다. 그러다가, 나다르가 회고록에서 말한 바에 따르면—우연인지 몰라도 뉴턴의 일화와 겹쳐서 조잡해 보이기까지 하는 이야기이지만—어느 날 사과나무 아래에 앉아 있던 그는 어느 순간 무엇이 문제인지 깨달았다.

"계속되는 실패의 원인은 기구의 목 부분이 상승하는 내내 열려 있었다는 데 있었다. 이 때문에 아이티온산염 가스가 나의 은산염 정착조로 흘러 들어간 것이다."

그래서 그다음부터 그는 기구가 일단 충분히 높이 올라가고 나면 가스 밸브를 잠갔다. 자칫 기구가 폭발할 위험이 있기 때문에 그 자체로도 위험한 과정이었다. 준비해 둔 감광판을 노출시킨 다음, 다시 여인숙으로 돌아온 나다르는 비록 희미하긴 했지만 육안으로 식별 가능한 이미지를 얻어 보상받았다. 밧줄에 매인 기구 아래에 세 개의 지물地物인 농가, 여인숙, 프랑스 헌병대가 보였다. 농가 지붕 위엔 하얀 비둘기 두 마리가 보였고, 잔디밭엔 수레 한 대가 멈춰 서 있었으며 수레에 탄 사람은 하늘에 떠다니는 기묘한 기구가 뭔지 궁금해하고 있었다.

이 최초의 사진은 살아남지 못했고, 오로지 나다르의 기억과, 이후에 이어진 우리의 상상 속에서만 존재한다. 그리고 향후 10년 동안 그가 찍은 사진들도 마찬가지다. 그의 항공술 실험이 담긴 유일한 남은 사진들은 1868년에 찍혔다. 하나는 개선문으로 향하는 거리들을 여덟 개의 장면으로 나누어 다중렌즈로 찍은 것이다. 또 다른 사진은 (이제는 포슈 가인) 불로뉴 숲 거리를 건너 레테르네와 몽마르트르로 이어지는 거리의 사진이다.

1858년 10월 23일, 나다르는 적절한 때에 맞춰 '신식 항공 사진'이라는 명목으로 특허번호 38 509를 받았다. 그러나 기술적으로 너무 까다로운 과정이었고 상업적으로는 무익했다. 대중의 반응이 부족했던 것도 맥 빠지는 일이었다. 나다르 자신은 자신의 '신식 기술'이 두 가지 면에서 응용 가능하다고 믿었다. 첫째, 신식 항공사진은 토지 측량술을 변모시킬 것이다. 기구에선 한 번에 100만 평방미터, 혹은 100헥타르를 측량하는 것이 가능했다. 그리고 하루 최대 10회까지 관측이 가능했다. 둘째는 군사 정찰에 응용될 수 있을 터였다. 기구는 '움직이는 교회 첨탑'과도 같이 기능할 수 있었다. 이는 그 자체로 새로운 건 아니었다. 1794년 플레뤼스 전투*에서 '혁명군'이 이미 한 번 사용한 적이 있었다. 한편, 나폴레옹이 이집트까지 이끌고 간 원정군엔 네 개의 기구를 갖춘 '경항공기 조종부대'도 포함돼 있었다(이 기구들은 아부키르만에서 넬슨 제독에게 격파당했다). 그러나 여기에 사진술까지 곁들인다면, 제아무리 능력이 딸리는 장군이라 해도 우위를 확보할 게 틀림없었다. 하지만 그렇다 한들, 누가 이런 가능성을 찾아 가장 먼저 발 벗고 나설 수 있을까? 나다르가 싫어한 나폴레옹 3세 말고는 아무

* 1794년 7월 26일 프랑스군이 오스트리아군을 격파한 전투로 이때 프랑스군은 랑트르프레낭이라는 최초의 군사 정찰용 기구를 사용해 전투를 성공으로 이끌었다.

도 없었다. 나폴레옹 3세는 1859년 나다르에게 향후 오스트리아를 상대로 치를 전쟁에 복무한다는 조건으로 5만 프랑의 돈을 제시했다. 이 사진가는 거절했다. 나다르는 평화시에 자신의 특허를 사용하는 것에 대해 물었으나, '저명하기 그지없는 친구 로드세 대령'에게 (이유는 명시하지 않았으나) 항공 지상 촬영은 '불가능하다'는 확언을 들었다. 실망이 컸지만, 단 한순간도 가만있지 못하는 그는 티상디에 형제와 자크 뒤콩, 그리고 그의 아들 폴 나다르에게 항공사진 분야를 넘겨주고 자신은 다른 분야를 찾아 나섰다.

그는 다른 곳으로 발을 내디뎠다. 프로이센이 파리를 포위한 동안, 그는 외부 세상과의 통신구를 제공하기 위해 '군용 경비행기 조종사 협회'를 설립했다. 나다르는 몽마르트르의 생피에르에서 프랑스 행정당국에 보내는 서신들과 보고서들을 '포위된 기구'에 싣고, 용맹한 조종사들을 태워 보냈다. 그 가운데엔 각각 빅토르 위고, 조르주 상드라는 이름의 기구도 있었다. 1870년 9월 23일, 첫 번째 기구가 이륙하여 무사히 노르망디에 도착했다. 거기 실린 우편낭엔 나다르가 런던의 《타임스》에 보낸 편지가 들어 있었고, 《타임스》는 닷새 후에 이를 프랑스어로 전문 게재했다. 프로이센 군의 발포로 기구 몇 대가 추락하기도 했지만 이 우편서비스는 포위 기간 내내 계속되었다. 모든 운명은 바람에 달려 있었다. 그중에는 노르웨이의 피요르까지 흘러간 열기구도 있었다.

사진가 나다르는 언제나 유명세를 누렸다. 한번은 빅토르 위고가 편지 봉투에 '나다르'라고만 썼는데도, 편지가 제대로 전달되었다. 1862년, 그의 친구 오노레 도미에가 '사진을 예술의 경지로 끌어올린 나다르'라는 제목의 석판 풍자화를 제작했다. 그 판화에서 나다르는 파리 상공에 뜬 기구의 바구니에서 몸을 수그린 채 카메라로 세상을 바라보고 있는데, 그 아래 파리의 집이란 집은 모두 '사진'이라는 광고 문구로 도배되어 있다. 예술의 입장에서 볼 때 사진은 정력적이고 출세 지향적인 표현 수단이었고, 때문에 이를 경계하거나 두려워하곤 했다. 하지만 예술은 항공학에 대해서만은 평화로운 마음으로 주기적인 경의를 표했다. 구아르디는 베네치아 상공에 고요히 떠 있는 기구를 그렸다. 마네는 레장발리드에서 나다르가 탄 '거인'이 마지막으로 비상하는 광경을 묘사했다. 고야로부터 두아니에 루소에 이르는 화가들이 고요한 창공을, 그에 버금가게 고요히 떠다니는 기구들을 묘사했다. 다시 말해 그것은 천상으로 자리를 옮긴 한 편의 전원시였다.

그러나 기구 비행을 주제로 가장 강렬한 단 하나의 이미지를 선보인 화가는, 정작 본인은 동의하지 않았지만, 오딜롱 르동이었다. 르동은 '거인'의 비행은 물론, 1867년과 1978년 파리 박람회의 주인공이었던 앙리 지파르의 '위대한 포로 기구'도 직접 목격했다. 이듬해에 그는 「눈 달린 풍선」이라는 목탄화를 그렸다. 그 그림은 처음 보면 그저 재기 넘치는 시각적 익살로만 보인다. 열기구의 구체와 안구가 하나로 합체돼 있어서, 마치 거대한 눈알 하나가 잿빛 풍경 위에 떠 있는 듯하다. 눈이 그려진 풍선은 눈꺼풀이 열려 있고, 속눈썹이 풍선 위에 장식용 술처럼 돋아나 있다. 풍선에는 바구니가 달려 있는데, 그 안에 거칠게 그린 반구체 형상이 도사리고 있으며, 이는 마치 인간의 머리통 윗부분처럼 보인다. 그러나 그림의 톤은 새로우면서도 불길했다. 자유, 영적 고양, 인류의 진보 등 기구 여행에 으레 따라붙는 수사에서 벗어나지 못하는 우리가 보기에, 르동의 영원히 열린 눈은 견디기 힘들 정도로 심란하다. 하늘의 눈, 신의 보안 카메라와도 같다. 게다가 혹 덩어리 같은 인간의 머리는, 창공을 식민지로 삼는다 해서 그 개척자의 죄가 씻기는 것은 아니며, 그와 관련해 일어난 모든 일들은 우리가 저지른 죄를 새로운 곳으로 옮긴 것뿐이라는 성찰로 우리를 이끈다.

항공술과 사진은 실용적인 도시 생활의 귀결이자 과학적 진보였다. 그럼에도, 초창기 시절의 사진은 한 장 한 장이 수수께끼와 마법의 오라aura를 휘감고 있었다. 기구에 매달린 채 끌려가는 닻을 쫓아 달려가던 퉁방울눈의 촌부들은 거기서 '신성의 사라'가 내려오기만을 기대한 게 아니라, 시몬 마구스가 임하길 기대했는지도 모른다. 또한 사진은 모델이 가진 '자부심amour propre'만 위협한 게 아니었다. 산골에 처박혀 사는 사람이 아니더라도 카메라가 영혼을 빼앗아 갈 거라고 두려워한 이들이 있었다. 나다르에 따르면 발자크는 자아에 관한 이론을 갖고 있었는데, 한 인간의 본질은 무한대에 가깝게 한 켜 한 켜 쌓인 영적인 층으로 구성돼 있다는 것이었다. 이 소설가는 '다게르* 작업'을 하는 동안, 영혼의 한 켜가 벗겨져 날아가서 그 마술 도구에 달라붙는다고 믿었다. 나다르는 그 한 켜가 영원히 날아가 버리고 끝인지, 아니면 새로 돋아나는지의 여부는 기억하지 못했다. 그렇지만 나다르는 발자크의 비대한 몸집을 생각하면 영혼의 겹이 한두 장 정도 사라지는 것쯤은 심각하게 두려워할 필요가 없을 거라고 쾌활하게 말했다. 그러나 이 이론, 혹은 노파심은 발자크만의 것은 아니었다. 그의 친구 작가

* 프랑스의 사진 발명가. J. N. 니에프스가 발명한 헬리오그래피를 다시 발전시켜 다게레오타입이라는 독자적인 사진현상 방법을 발명하였다.

인 고티에와 네르발도 발자크와 같은 생각이었고, 나다르는 그런 그들을 '밀교주의자 삼인조'라 칭했다.

펠릭스 투르나숑은 애처가였다. 그는 1854년 9월 에르네스틴과 결혼했다. 급작스러운 결혼이어서 그의 친구들은 놀랐다. 아내는 열여덟 살로 노르망디의 신교도 중산층 출신이었다. 과연 그녀는 혼인지참금을 가져왔고, 펠릭스에게 결혼은 어머니의 치마폭을 벗어날 수 있는 유용한 방법이었다. 투르나숑의 대책 없는 방랑벽에도 불구하고 그들 부부는 오랜 세월을 다정하게 지냈다. 투르나숑은 하나밖에 없는 형과 하나밖에 없는 아들과 불화했다. 그는 둘 모두를 인생에서 지워버렸다. 혹은 그들 쪽에서 지운 건지도 모른다. 에르네스틴은 늘 한결같았다. 만약 투르나숑의 인생에 패턴이 있다면, 그것을 제공한 이가 바로 그녀였다. '거인'이 하노버 근방에서 추락했을 때도 그녀는 그의 곁에 있었다. 그녀의 돈은 그가 스튜디오를 유지하는 데 도움이 되었고, 이후 그 사업체는 그녀의 명의로 운영되었다. 1887년 오페라 코미크 극장에 화재가 발생했다는 소식을 들은 그녀는 아들 폴이 거기 있을 거라 믿은 나머지 심장발작을 일으켰다. 펠릭스는 곧바로 식솔들을 이끌고 파리를 벗어나 세나르 숲으로 갔고, 그곳에 집을 사서 '레르

미타주'*라고 불렀다. 부부는 그곳에서 이후 8년 동안 살았다. 1893년 에드몽 드 공쿠르**는 『공쿠르 형제의 일기』에서 이 '메나주'***에 대해 다음과 같이 썼다.

> 방 한가운데에는 실어증에 걸린 마담 나다르가 백발의 노교수 같은 표정으로 누워 있다. 그녀는 분홍색 실크 안감을 댄 하늘색 실내복을 입고 있다. 그녀 옆에선 나다르가 환한 색 드레스로 그녀의 몸을 감싸주고, 늘 그녀의 관자놀이에 흘러내린 머리칼을 넘겨주고, 어루만져주고 쓰다듬어 주며 다정한 간호사 역할을 도맡아 하고 있다.

에르네스틴의 실내복은 '블뢰 드 시엘bleu de ciel'로, 그들이 더 이상 날지 못하게 된 하늘의 색이었다. 이제는 두 사람 다 땅에 발이 묶여 있었다. 1909년, 50년의 결혼 생활을 끝으로 에르네스틴은 세상을 떠났다. 같은 해에 루이 블레리오****가

* L'hermitage. 프랑스어로 '은둔처'라는 뜻.

** 프랑스 사실주의를 대표하는 작가로, 동생 쥘 드 공쿠르와 함께 프랑스에서 가장 권위 있는 문학상인 '공쿠르상'을 제정했다.

*** ménage, 프랑스어로 '부부'라는 뜻.

**** 프랑스 항공 기술자. 1907년 최초로 단엽기를 제작해 2년 후, 최초로 영국해협 횡단에 성공했다.

영국해협 상공을 횡단했다. 중항공기에 대한 신념이 투철했던 나다르는 생애 마지막으로 지지를 표했고, 기구 조종사로서 비행사에게 축전을 보냈다. 블레리오가 하늘 높이 올라가는 동안, 에르네스틴은 땅 아래로 내려갔다. 블레리오가 하늘을 나는 동안, 나다르는 자신의 방향타를 잃었다. 에르네스틴이 떠난 세상을 그는 오래 견디지 못했다. 1910년, 키우던 개들과 고양이들이 보는 가운데 그는 세상을 떠났다.

이제는 1858년 가을, 프티 비세트르에서의 나다르의 성공담을 기억하는 사람은 거의 없다. 그리고 현존하는 항공 촬영 사진들은 질적으로 그럭저럭 봐줄 만한 정도에 지나지 않는다. 그들이 그 시절에 만끽한 흥분을, 우리는 상상으로만 짐작할 수 있을 뿐이다. 그러나 그들은 성장할 무렵의 세상을 대표한다. 어쩌면 그것은 지나치게 감상적이거나 희망적인 생각인지도 모른다. 어쩌면 이 세상은 성숙을 통해서가 아니라, 사춘기적 상태와 짜릿한 발견의 순간을 영원히 지속하면서 성장하는지도 모른다. 그럼에도 이는 인식의 변화가 일어난 한순간이었다. 동굴 벽에 흔적으로 남은 인체의 형상, 최초의 거울, 초상화의 발전, 사진의 과학과 같은 진보 덕에 우리는 우리 자신을 더 잘 볼 수 있게 되었다. 그와 함께 더 많은 진실을 발견하게 되었다. 그리고 설령 세상이 프티 비세트르에서의 사건을 거의 인식하지 못했다 해도, 그 변화는 무위로 돌리거나 원상으로 회복할 수 없는 것이었다. 그리하여 비상의 죄는 사함을 받았다.

한때, 농부들은 신의 거처인 하늘을 바라보면서 천둥과 우박을, 그리고 신의 분노를 두려워했고, 태양과 무지개를, 그리고 신의 승인을 바랐다. 이제 근대의 농부들은 하늘을 바라보면서, 신만큼 오금을 저리게 하지 않는 인간들이 도착하는 것을 보았다. 그들은 한쪽 호주머니엔 시가를, 다른 쪽엔 10실링 금화를 넣은 버나비 대령과, 자서전의 화자인 의자를 가지고 온 사라 베르나르와, 식당과 화장실은 물론 사진 현상실까지 갖춘 공중 고리버들 오두막을 탄 투르나숑이었다.

나다르의 항공사진 중 유일하게 살아남은 것들은 1868년으로 거슬러 올라간다. 정확히 한 세기가 지난 후인 1968년 12월, 아폴로 8호가 달 탐사를 위한 이륙을 감행했다. 우주선은 크리스마스이브에 달 너머 멀리까지 나아갔고 달의 공전궤도에 진입했다. 우주선이 궤도에 진입한 순간, 우주비행사들은 새로운 표현이 필요한 현상을 목격한 최초의 인간이 되었다.

그것은 바로 '지구돋이earthrise'였다. 달착륙선의 비행사인 윌리엄 앤더스는 특수 개조한 하셀블라드 카메라를 사용해 지구의 3분의 2가 밤하늘로 치솟아 오르는 모습을 촬영했다. 그가 찍은 사진들은 지구의 깃털 같은 구름 덮개, 소용돌이치는 폭풍의 몸체, 짙푸른 바다와 녹이 슨 듯 농염한 색조를 이룬 지구를 보여준다. 앤더스 소장은 훗날 다음과 같이 회고했다.

> 우리 모두가 명치를 맞은 듯이 충격을 받은 건 단연코 지구가 솟아오르는 광경이었다…… 우리는 우리가 살고 있는 행성을, 우리가 진화한 곳을 되돌아본 것이었다. 거칠고 우툴두툴하고 낡아빠진 데다 따분하기까지 한 달 표면에 비하면 우리의 지구는 참으로 알록달록하고 예쁘고 섬세했다. 아마도 거기 있었던 우리 모두는 달을 보려고 386242.56킬로미터나 왔는데, 정작 절대 놓쳐선 안 될 장관이 지구였구나, 하는 생각을 했을 것이다.

당시, 앤더스의 사진들은 아름다운 것 못지않게 불온해 보였다. 그 느낌은 지금도 마찬가지다. 멀리 떨어진 채 우리 자신을 바라본다는 것, 주체가 순식간에 객체가 된다는 것, 이는 우리에게 심리적인 충격을 안겨준다. 그러나 그 거리를 수백 미터로 한정할 때, 사진을 흑백으로 한정할 때, 파리시를 찍은 몇몇 광경으로만 한정할 때, 최초로 두 가지를 하나로 합친 사람은 불꽃 머리칼의 사내, 펠릭스 투르나숑이었다.

평지에서

Julian Barnes

Levels of Life

이제껏 하나인 적이 없었던 두 가지를 하나로 합쳐보라. 때로는 합쳐질 때도 있지만, 그렇지 않을 때도 있다. 최초로 열기구를 타고 상승했던 필라트르 드 로지에는 해협을 건너 프랑스에서 영국으로 날아가는 계획을 최초로 세우기도 했다. 이를 위해 그는 신종 기구를 제작했는데, 기구 꼭대기엔 수소 풍선을 달아 전보다 한층 더 잘 뜨도록 했고, 그 아래에 열기구를 달아 좀 더 잘 조작할 수 있게 했다. 그렇게 그는 두 가지를 하나로 합쳤고, 1785년 6월 15일 순풍이 부는 듯 보이자 파드 칼레*에서 비상을 감행했다. 멋진 신新기계는 신속히 떠올랐지만, 해안선에 미처 가 닿기도 전에 수소 풍선 윗부분에서 불꽃이 일었다. 모든 것이, 희망에 찬 기구 전체가, 한 목격자

* 프랑스 북부의 주로, 영국 도버해협과 마주하고 있다.

의 관찰에 따르면 마치 천상의 가스등처럼 보이다가 지상으로 추락했고, 두 파일럿 모두 죽고 말았다.

이제껏 함께한 적이 없었던 두 사람을 함께하게 해보라. 때로는 세상이 변할 때도 있지만, 그러지 않을 때도 있다. 그들은 추락해 불에 타오를지도 모른다. 혹은 타올라서 추락하거나. 그러나 때로, 새로운 일이 벌어지면서 세상이 변하기도 한다. 나란히 함께 그 최초의 환희에 잠겨 몸이 떠오르는 그 최초의 가공할 감각을 만끽할 때, 그들은 각각의 개체였을 때보다 더 위대하다. 함께할 때 그들은 더 멀리, 그리고 더 선명하게 본다.

물론, 사랑의 균형이 늘 맞는 건 아니다. 어쩌면 그런 경우는 극히 드물지도 모른다. 다른 식으로 말해볼까. 1870년부터 1871년까지 포위되었던 파리지앵들은 자기들이 보낸 편지의 답장을 어떻게 받아보았을까? 플라스 생피에르에서 기구를 띄운 다음, 그것이 어디든 소용될 만한 곳에 착륙할 거라고 상정하는 방법도 있겠다. 그러나 아무리 애국주의자라 한들, 기구가 돌아오는 길에 바람이 몽마르트르 쪽으로 불 거라 예상하기는 어렵다. 실제로 여러 책략들이 제시되었다. 예를 들어, 큰 금속 공 안에 통신문을 넣은 후 강 하류에 띄워 도시로 보내면 그걸 그물로 건진다는 아이디어가 있었다. 그보다는 전서구 통신이 더 확실한 아이디어였다. 바티뇰의 한 전서구 애호가가 당국이 임의로 쓸 수 있도록 자신의 비둘기장을 내놓았다. 각각의 '포위된 기구'마다 비둘기들이 탄 바구니 하나를 달아 띄우면, 서신을 담아 돌아올 것이라는 생각이었다. 그러나 열기구 하나와 비둘기 한 마리가 감당할 수 있는 화물의 무게를 서로 비교해 보고, 그로 인한 실망의 무게를 상상해 보라. 나다르의 말에 따르면, 해결책을 내놓은 건 설탕 제조업계에서 일하던 한 엔지니어였다. 파리에 보낼 편지를 편지지 한 면에 쉽게 알아볼 수 있는 필체로 쓰고, 맨 위에 수신인의 주소를 적는다. 그런 후, 우편물 집하장에서 수백 통에 달하는 그 편지들을 거대한 화면 위에 나란히 늘어놓고 사진 촬영을 한다. 그러면 편지들의 이미지가 극소화될 테고, 전서구들이 그것을 파리까지 배달하면 받아서 읽을 수 있는 크기로 다시 확대하는 것이다. 그런 후, 원래 크기로 돌아간 편지들을 편지 봉투에 넣어 수령인의 주소로 보낸다는 것이다. 없는 것보다는 나은 방법이었다. 사실상 기술적 승리라고도 말할 수 있었다. 그러나 사랑하는 연인이 있다고 생각해 보자. 한쪽은 편지지의 앞뒷면 가리지 않고 내밀하고도 구구절절한 사연을 적을 수 있고,

가장 뜨거운 사랑의 밀어를 봉투 안에 숨길 수도 있지만, 그 상대방은 용건만 간단히 쓸 수밖에 없는데다 사진사들과 우편배달부들이 자신의 내밀한 감정을 공공연히 검사할 수도 있음을 아는 상황인 것이다. 하지만 그럼에도, 때로는 사랑이 느껴지고 성사되는 방식이 바로 그런 식이 아니던가.

사라 베르나르는 평생 나다르—처음엔 아버지에게, 나중엔 아들—에게만 자신의 사진을 찍도록 허용했다. 최초로 촬영한 때는 그녀 나이 스무 살 즈음이었는데, 같은 시기에 펠릭스 투르나숑의 이력도 그녀 못지않게 요란했으나 상대적으로 더 짧았으니, 바로 '거인'과 관련된 이력이었다. 사라는 아직 '신성의 사라'가 되기 전으로, 무명에 열성적이었다. 그러나 사진 속의 그녀는 벌써부터 스타 탄생을 예고하고 있다. 그녀는 벨벳 망토나 덮개 같은 숄을 몸에 두른 채 단순한 포즈를 취하고 있다. 어깨를 그대로 드러낸 채, 카메오 귀고리를 제외한 어떤 보석도 걸치고 있지 않다. 그녀의 머리는 거의 다듬어지지 않은 상태다. 그녀 자신도 마찬가지다. 그녀가 망토나 숄 아래에 거의 아무것도 걸치지 않았다는 사실은 암시를 넘어서서 노골적으로 알 수 있다. 그녀의 표정은 여지를 주지 않아 더 유혹적이다. 물론, 그녀는 대단한 미인이다. 당대보다 현대의 시각에서 볼 때 더 그럴지도 모른다. 그녀는 진정성, 연극성, 신비성을 구현하면서도, 그런 추상성들이 서로 조화를 이루게 하는 듯 보인다. 나다르는 또 몇몇 사람이 그녀라고 주장하는 한 장의 누드 사진을 찍었다. 사진 속의 여자는 상의를 벗은 채, 까꿍놀이를 하듯 활짝 편 부채로 한쪽 눈만 가리고 있다. 그 여자가 사라이건 아니건 간에, 망토나 숄을 두르고 찍은 사라 쪽이 단연 더 관능적이다.

키가 152센티미터가 될까 말까 한 사라는 여배우를 할 만한 체격이 아니었다. 그런 데다 지나치게 창백하고 앙상할 정도로 말랐다. 그녀는 인생과 예술 양쪽에서 충동적이면서 자연스러웠다. 그녀는 연극의 원칙을 깼고, 종종 무대 위에서 연설을 하기도 했다. 그녀는 함께 공연한 남자 주연배우들 모두와 잤다. 그녀는 명성과 자기 홍보를 사랑했다. 혹은 소설가 헨리 제임스가 매끄럽게 묘사했듯이, 그녀는 '어디서건 단번에 눈에 들어오는 분위기를 가진 존재'였다. 한 비평가는 그녀를 러시아의 공주, 비잔틴의 여황, 무스카트*의 회교도 왕비라고 그럴듯하게 비유한 후, 다음과 같은 결론을 내렸다. '무엇보다도 그녀는 뼛속까지 슬라브인이다. 내가 이제껏 만난 그 어떤 슬

* 오만의 수도.

라브인도 그녀만큼 슬라브인답진 못했다.' 그녀는 20대 초반에 사생아 아들을 낳았는데, 남들이 눈살을 찌푸리건 말건 개의치 않고 가는 곳 어디나 데리고 다녔다. 그녀는 반유대주의적인 성향이 강한 프랑스에 사는 유대인이었고, 가톨릭 몬트리올 교회에 가면 사람들이 그녀의 마차에 돌을 던졌다. 그녀는 용감했고 뚝심이 있었다.

당연히 그녀에겐 적이 많았다. 그녀의 성공, 여성이라는 점, 그녀의 인종적 출신 배경, 그녀의 보헤미안적인 방종에 금욕적인 사람들은 과거에 왜 배우들이 축성도 하지 않은 땅에 묻혔는지를 새삼 되새기게 되었다. 그리고 한때 그토록 독창적이었던 그녀의 연기 스타일은 수십 년의 세월이 흐르면서 불가피하게 구태의연해지고 말았다. 연극에서의 자연스러운 연기란 소설에서의 자연주의 못지않게 인공적인 것이기 때문이다. 그 마술이 몇몇 사람들에겐 늘 통했을지 몰라도—여배우 엘렌 테리는 베르나르를 '진달래꽃만큼이나 투명한 배우'라고 말했고, 무대 위에서 그녀의 존재를 '불타는 종이에서 피어오르는 연기'에 비유했다—그 밖의 사람들은 그렇게 친절하지 않았다. 친프랑스파였고 그 자신이 극작가였던 투르게네프는 그녀의 연기가 '기만적이고, 냉혹하고, 가식적'이라고 보았고, 그녀를 '속이 메스꺼워지는 파리 스타일'이라고 매도했다.

프레드 버나비도 종종 보헤미안이라 불렸다. 그의 공식 전기 작가는 그가 '인습과는 철두철미하리만큼 거리가 멀고 무관심한' 삶을 살았다고 썼다. 그리고 그는 사라 베르나르가 적당히 갖다 쓰는 데 그쳤던 이국 취향에 일찍부터 정통했다. 아득히 먼 곳에서 파리로 소식을 보낸 어떤 여행자가 있을지도 모른다. 어느 극작가가 그것을 훔쳐 극의 테마와 효과로 활용한다. 그런 뒤 디자이너와 의상업자가 그녀에게 그런 환상을 둘러주는 것으로 일은 마무리되는 것이다. 그렇다면, 버나비가 바로 그런 여행가였다. 그는 러시아 대륙 깊숙이 들어갔고, 소아시아를 거쳐 중동지방의 나일 강까지 갔다. 그는 파쇼다*의 시골도 횡단했는데, 그곳 사람들은 남녀가 벌거벗고 다니며 머리칼을 밝은 노란색으로 물들였다. 그를 따라다니는 이야기들엔 체르케스크 여자들, 집시 무용수들, 예쁘장한 키르기즈스탄의 과부들이 심심치 않게 등장했다.

버나비는 자신이 에드워드 1세의 후손이라고 주장했다. 이 왕은 '롱솅크스**'라는 이름으로 불렸는데, 영국인들이 자기들 고유의 것이라 생각하는 용맹과 진언盡言의 덕목을 표상하는 인물이었다. 그러나 버나비에겐 어딘가 불안한 구석이 있었다.

* 아프리카 수단의 도시로 나일강변에 있다.

** '긴 정강이'라는 뜻이다.

그의 부친은 '자신의 장원에서 울어대는 외양간올빼미처럼 우울한' 성격이라고 전해졌는데, 원기 왕성하고 외향적인 성격의 프레드도 의외로 이런 특성을 물려받았다. 그는 무쇠 체력의 소유자임에도 툭하면 병에 걸렸고, 간과 위장의 통증 때문에 고생했다. 한번은 '위염' 때문에 외국 온천에 달려간 적도 있을 정도였다. 그리고 '런던과 파리의 유명 인사'였고, 영국 왕세자의 친구였지만, 영국 인명사전의 설명에 따르면 그는 '매우 고독한' 삶을 살았다.

인습에 갇힌 사람이 틀에 박히지 않은 것들을 받아들이고, 그것에 매혹되는 경우가 있다. 버나비는 그런 한계를 넘어섰던 것 같다. 그의 절친한 친구는 그를 '사상 최고의 너저분한 악당'이자 '말 등에 실린 옥수수 부대자루' 같다고 했다. 그는 '동양적인 생김새'와 메피스토펠레스 같은 미소 때문에 외국인처럼 생겼다는 말을 들었다. 영국 인명사전은 그의 용모가 '유대인과 이탈리아인'처럼 보였다고 말하면서, 그가 자신의 '영국인답지 않은' 외모 때문에 '다른 사람들이 자신의 초상을 입수하려고 할 때마다 거절하곤 했다'고 덧붙였다.

우리는 평지에, 평평한 면 위에 발을 딛고 산다. 그렇지만, 혹은 그렇기 때문에 우리는 열망한다. 땅의 자식인 우리는 때로 신 못지않게 멀리 가 닿을 수 있다. 누군가는 예술로, 누군가는 종교로 날아오른다. 대개의 경우는 사랑으로 날아오른다. 그러나 날아오를 때, 우리는 추락할 수 있다. 푹신한 착륙지는 결코 많지 않다. 우리는 다리를 부러뜨리기에 충분한 힘에 의해 바닥에서 이리저리 튕기다가 외국의 어느 철로를 향해 질질 끌려가게 될지도 모른다. 모든 사랑 이야기는 잠재적으로 비탄의 이야기이다. 처음에는 아니었대도, 결국 그렇게 된다. 누군가는 예외였다 해도, 다른 사람에겐 어김없다. 때로는 둘 모두에게 해당되기도 한다.

그런데도 어찌하여 우리는 끊임없이 사랑을 갈망하는 것일까. 그것은 사랑이 진실과 마법의 접점이기 때문이다. 사진에서의 진실, 기구 비행에서의 마법처럼.

버나비는 과묵했고, 사라 베르나르는 사실 여부를 대할 때 제멋대로였지만, 우리는 그들이 1870년대 중반에 파리에서 만났다는 것을 밝힐 수 있을지도 모른다. '영국 왕세자'의 절친한 친구가 신성한 사라에게 접근하는 것은 어렵지 않았다. 그는 그 전에 그녀에게 꽃다발을 보냈고, 보르니에의 연극「롤랑의 딸」무대에 선 그녀의 모습을 지켜본 다음, 주위를 얼쩡거렸다. 그는 그녀의 분장실이 허약해빠진 파리 멋쟁이들로 붐비는 상태일 거라고 얼마간 예상했지만, 그가 갔을 땐 이미 남성팬들의 등급 분류가 끝난 후였다. 그 덕에 그는 그곳에서 무리 없이 최장신을 기록했고, 그녀는 최단신이었다. 그녀가 그에게 인사를 건넸을 때, 그는 참지 못하고 그녀가 무대를 장악했을 때는 정말 커 보였다고 말해버렸다. 그녀는 그런 반응엔 어지간히 익숙했다.

"그런 데다 너무 말랐죠. 빗방울 사이를 젖지 않고 지나다닐 수 있을 정도랍니다."

프레드는 그 말을 곧이곧대로 믿을 것 같은 표정이었다. 그녀는 살짝 웃었지만, 거기에 조롱의 기운은 없었다. 그는 마음이 편해졌다. 사실, 그는 어딜 가나 대체로 태평한 편이었다. 우선 그는, 영국인이었다. 그는 7개 국어를 능수능란하게 구사했다. 스페인부터 러시아 점령지역이었던 투르키스탄까지 종횡무진하며 명령을 내린 장교라면 그곳의 야단스럽지만 말랑말랑한 한량들 사이에서 얼마든지 두각을 나타낼 수 있었다. 프레드의 눈에 그들은 고작 말 몇 마디로 재치를 겨루는 데 불과했다.

그들은 다른 찬미자들 중 하나가 가져온 게 분명해 보이는 샴페인을 마시고 있었다. 프레드는 와인을 늘 절제해 마시는 편이었고, 그 덕에 찬미자들이 하나둘씩 조심스레 떠나는 모습을 관찰할 수 있었다. 그러다 어느 순간 갑자기, 프레드가 그녀와 단둘이 남는 사태를 방지하려는 듯 마담 게라르라는 이름의 나이 지긋한 부인네가 들어왔다.

"그래서, 몽 카피텐,*"

"사라 부인, 부탁드리겠습니다. 프레드라 불러주십시오. 프레더릭도 괜찮습니다. 부인의 분장실로 들어올 때 계급장은 떼고 들어왔으니까요. 저는……."

그는 주저하다가 말을 이었다.

"저는, 부인도 그리 말씀하실지 모르지만, 별 볼 일 없는 군인이니까요."

그는 비번일 때의 차림인 그의 경마 재킷, 기병대 작업복, 앵클부츠, 박차를 면밀히 바라보는 그녀의 눈길을 보았다, 아니, 느꼈다. 약식 군모는 사이드테이블에 잠시 던져두었다.

"그래, 어떤 전쟁을 치르고 계시죠?"

그녀가 미소를 머금은 채로 물었다.

그는 적당한 대답이 떠오르지 않았다. 그는 전쟁에 대해, 남자들만 동원되는 전장에 대해 생각했다. 그는 포위공격을 떠

* 프랑스어로 '대위님'을 의미한다.

올렸고, 항복을 받아내기 전까지 남자들이 여자들을 보통 어떻게 포위 공략해야 하는지에 대해 생각했다. 그러나 이번만은 허세를 부릴 생각이 없었다. 그리고 그는 은유를 구사하는 게 거북하게 느껴질 때가 많았다. 결국, 그는 대답했다.

"부인. 얼마 되지 않은 일입니다만, 오데사에서 돌아오는 길이었습니다. 제 부친이 병에 걸렸다는 소식을 접하게 되었지요. 제일 빠른 경로로 가려면 파리를 통과해야 했습니다. 하지만 그때 파리는 코뮌의 손아귀에 장악당해 있었습니다."

그는 이 여배우가 암살자들로 이루어진 위험천만한 범죄 조직을 어떻게 생각하고 있는지 궁금해하며 잠시 말을 멈췄다.

"제겐 여행가방 하나와 규정 기병검 하나뿐이었습니다. 어떤 종류의 무기도 소지해선 안 된다는 경고를 들었습니다. 하지만 정강이가 긴 덕분에 바지 뒤에 검을 감출 수 있었지요."

그는 말을 멈추고는, 그녀가 이 이야기의 결말에 대해 충분히 생각할 여지를 준 다음 다시 말을 이었다.

"그 때문에 절뚝거릴 수밖에 없었는데, 얼마 안 가서 코뮌의 한 장교에게 체포되고 말았습니다. 그는 제 다리가 뻿뻿한 것을 당연히 심상치 않게 여겼고, 결국 무기를 몰래 소지한 혐의로 저를 고발하려 했습니다. 전 그 즉시 범행을 인정했지만, 제가 병든 아버지를 보러 집으로 돌아가는 길이라는 사실을 알렸고, 또 제가 원하는 건 평화뿐이라고 말했습니다. 그러자, 저로서도 꽤 놀랐습니다만, 그는 저더러 가던 길을 가라며 놓아 주더군요."

이제 이야기가 다 끝난 듯싶었는데도 그녀는 요점을 이해하지 못했다.

"아버님은 어떠셨나요?"

"아, 제가 서머비에 도착했을 무렵, 아버지는 꽤 많이 회복하셨어요. 걱정해 주셔서 감사합니다. 이 이야기의 요점은, 절 체포했던 친구에게 했던 이야길 반복하자면, 파리에서 제가 찾는 건 오직 평화로움뿐이라는 겁니다."

그녀는 그를 쳐다보았다. 육중한 덩치에 군복 차림, 양쪽이 말려 올라간 콧수염을 길렀고, 거대한 몸집에 비해 기묘하리만큼 가늘고 꿰뚫는 듯한 목소리로 프랑스어를 구사하는 영국인을. 언제나 찬사와 기교 속에 파묻히다시피 살아온 그녀는 단순함에 늘 감동받았다.

"감동했어요. 카피텐 프레드. 그렇지만, 어떻게 말해야 할지요? 저 자신은 아직 조용한 인생을 살 준비가 안 돼서 말이죠."

이에 그는 당황했다. 그녀가 그의 이야기를 곡해한 것일까?

"내일 다시 오세요."

사라 베르나르가 말했다.

"내일 찾아뵙겠습니다."

프레드 버나비는 그렇게 답한 후, 본인이 직접 고안한 방식으로 그녀에게 작별을 고했다. 다시 말해, 돌아오겠노라는 보헤미안적인 열망을 담은 군대식 자진 해산이었다.

사라가 연기한 여성들은, 말 그대로 정열적이고 이국적이며 오페라적인 인물들이었다. 그녀는 베르디가 재창조하기 전에 뒤마의 '춘희'를 창조해냈다. 또한 푸치니 오페라의 한 역할로만 알려져 있는 빅토리앙 사르두의 '라 토스카'이기도 했다. 그녀는 음악이 필요치 않은 하나의 오페라였다. 그녀에겐 연인들로 이루어진 가정과 야생동물들이 있는 동물원이 있었다. 그녀의 연인들은 서로 잘 지내는 듯 보였는데, 아마도 여럿이 함께 있는 게 안전해서였던 것 같다. 또, 그녀는 연인이었던 남자를 친구로 삼는 데 능숙했다. 행여 그녀가 요절하더라도 그녀의 찬미자들은 계속 그녀의 집에서 자기들끼리 정기적으로 모일 것이라고 그녀 스스로 말한 적도 있었다. 일리가 있는 말이었다.

그녀의 동물원은 처음엔 소녀 시절에 키운 염소 두 마리와 검은 찌르레기 한 마리로 꽤 소박하게 시작되었다. 그후 야생동물들은 더욱 야성적이 되었다. 영국 순회공연을 하던 중 그녀는 리버풀에서 치타 한 마리와 카멜레온 일곱 마리, 그리고 늑대개 한 마리를 사들였다. 그녀에겐 원숭이 '다윈'과, 새끼 사자 '에르나니 2세' 외에도 '카시스'와 '베르무스'라는 이름의 개 두 마리가 있었다. 뉴올리언스에선 악어도 한 마리 사들였지만, 악어는 우유와 샴페인으로 구성된 프랑스식 식단에 죽음으로 대응했다. 그리고 그녀는 보아뱀도 한 마리 샀는데, 뱀이 소파 쿠션을 여러 개 집어 삼키는 바람에 결국 총으로 쏘아야 했다. 그녀 자신의 손으로 직접.

그녀가 그런 피조물인데도 프레드 버나비는 곤혹스러워하지 않았다.

다음 날 저녁, 그는 그녀의 공연을 본 후에 분장실로 찾아갔고, 그 전날에 본 수많은 얼굴들과 마주쳤다. 그는 작정하고 마담 게라르에게 적절한 예우를 표했다. 전에 외국 궁정에 출입한 적이 있었던 그는 왕좌에 가려진 권력자를 가려낼 줄 알았다. 얼마 안 있어, 아무리 열렬한 낙관주의자라 해도 감히 꿈꿀 수 없을 만큼 빨리, 그녀가 가로질러 다가오더니 버나비의 팔을 잡고서 서로 통하는 사람들끼리의 다정한 저녁 인사를 건넸다. 그들 셋이 함께 떠나자, 남은 파리 신사들은 자기들이 내쳐진 것처럼 보이지 않으려고 애썼다. 어찌 보면, 내쳐진 건 아니었는지도 모른다.

그들은 그녀의 마차를 타고 포르튀니 가에 있는 그녀의 집으로 갔다. 테이블에는 얼음에 담근 샴페인이 마련돼 있었고, 반쯤 열린 문틈으로 언뜻 어마어마하게 큰 등나무 침대가 보였다. 마담 게라르가 물러났다. 하인이 있었다 한들, 그의 눈에는 보이지 않았다. 어딘가에 앵무새나 새끼 사자가 있었다 한들, 그의 귀엔 들리지 않았다. 그의 귀엔 오로지 그녀의 목소리뿐이었다. 그 목소리에는 아직까지 악기로 만들어지지 못한 소리의 투명함과 음역의 다양함이 깃들어 있었다.

프레드는 사라에게 여행 이야기, 군에서의 접전, 기구 모험에 관한 이야기를 했다. 북해를 항공 횡단하겠다는 자신의 야심에 대해서도 이야기했다.

"영국해협을 건너시지 그래요?"

마치 자기가 있는 쪽이 아닌 다른 쪽으로 가는 것이 무례한 일이라는 듯이 그녀가 물었다.

"그것도 제 오랜 야심입니다. 하지만 바람이 문제라서요, 부인."

"사라라고 부르세요."

"마담 사라."

눈치도 없는 그는 이야기를 계속했다.

"사실, 영국 남부에선 어느 곳에서 이륙해도 십중팔구 에식스에 착륙하기 마련이거든요."

"에식스가 뭐죠?"

"모르셔도 됩니다. 이국적인 데가 못 되니까요, 에식스는."

그녀는 뭔지 모르겠다는 표정으로 그를 보았다. 지금 이게 사실인가 농담인가.

"남쪽에서 부는, 남서쪽에서 부는 바람 때문에 에식스로 가게 됩니다. 북해를 횡단하려면 바람이 줄곧 서쪽에서 불어줘야 하지요. 하지만 프랑스로 가려면 바람이 북쪽에서 불어줘야 하는데, 그런 바람이 만나기가 쉽지 않은데다가 변덕스러워서요."

"그래서 저를 만나러 기구를 타고 오실 일은 없다는 소리군요?"

그녀가 희롱하듯 물었다.

"마담 사라, 저는 지금 존재하는 것이건, 아직 세상에 나오지 않은 것이건 상관없이 모든 교통수단을 동원해 당신을 만나러 올 겁니다. 당신이 파리에 있건, 팀북투*에 있건 말이죠."

이런 선언이 느닷없이 터져 나오자 깜짝 놀란 쪽은 다름 아

* 아프리카 사하라의 남부에 있는 도시.

닌 프레드 자신이었다. 그래서 그는 시급한 사안이나 되는 것처럼 차갑게 식힌 꿩고기를 먹는 데 집중했다.

"하지만 저에겐 나름의 이론이 있답니다."

그는 아까보다는 좀 더 진정된 어조로 말했다.

"제가 확신하건대, 바람은 높이가 달라지면 똑같은 방향으로만 불지는 않거든요. 그렇기 때문에 만약…… 반대편의 바람을 만나게 되면……."

"에식스의 바람요?"

"바로 그겁니다. 그 바람에 갇히게 되면, 밸러스트를 떨어뜨려 더 높은 고도로 올라가게 되는데, 그러면 북풍을 만날 수도 있습니다."

"그러지 못할 경우엔요?"

"물에 빠지게 되는 거죠."

"수영할 줄 아세요?"

"네. 하지만 약간 도움이 될 정도죠. 바다에 착륙하게 될 경우를 대비해 코르크 오버재킷을 입는 기구 조종사들이 몇 있는데, 제 생각에 그건 스포츠 정신에 어긋난다고 봅니다. 전 남자라면 운에 맡길 줄 알아야 한다고 믿습니다."

그녀는 그 말을 허공에 걸린 채로 그냥 내버려 두었다.

다음 날, 프레드는 한 가지가 마음에 걸려서 마냥 의기양양해할 수가 없었다. 일이 너무 술술 풀린 게 아닐까? 그는 세비야에서 한 근엄한 안달루시아 세뇨리타에게서 '부채의 언어'를 배우려고 몇 시간이나 공을 들인 적이 있었다. 부채의 몸짓과 그것의 속뜻과 가볍게 톡톡 치는 행동의 의미가 무엇인지 이해하려고 했다. 그는 여성에게 정중히 관심을 표하는 행위를 여러 대륙에서 배운 후 실행해 본 터였고, 또 여성의 교태가 더없이 매력적이라는 사실도 깨달았다. 예전에 그는 매우 직설적인 태도로 욕구를 인정하며 더불어 시간을 허비하지 말자는 요점을 전달하려 했으나, 이는 받아들여진 적이 없었다. 물론, 그도 모든 게 전적으로 직설적일 수는 없다는 사실을 알았다. 프레드 버나비는 단순히 자신의 사람됨이 너무나 매력적이어서 대접을 받았다고 상상할 만큼 순진하지는 않았다. 그는 마담 사라라 해서 여타 여배우들과 전혀 다를 바가 없음을 깨달았고, 그에게서 선물을 기대하리라는 점도 익히 예상하고 있었다. 그리고 마담 사라는 당대 최고의 여배우이니만큼 그녀에게 주는 선물은 분명 그녀 못지않게 눈부신 것이어야만 했다.

예전에 버나비는 여자와 희롱을 주고받을 때 주도권을 완전히 자기 쪽에서 쥐고 있었다. 여자 쪽에서는 자기 앞에 버티고 선 거대한 제복에 기가 눌려 마음을 진정해야만 했다. 그런데 이제 정반대의 입장이 되자, 그는 당혹스러우면서도 흥분으로 가슴이 설레었다. 만날 약속을 두고 밀고 당기는 일조차 없었다. 그가 청하면, 그녀가 허했다. 그들은 극장에서 만날 때도 있었고, 가끔은 그가 곧장 포르튀니 가로 가기도 했다. 이제 그가 여유를 가지고 둘러보니, 그곳은 그에게 반은 저택이요, 반은 예술가의 스튜디오처럼 느껴졌다. 그곳은 벨벳을 바른 벽지와, 인물 흉상 위에 쪼그리고 앉은 앵무새들과, 초소만큼이나 거대한 꽃병들과, 큐 식물원*처럼 치솟아 오르거나 늘어진 식물들이 있었다. 그렇게 난삽하게 늘어놓은 것들 가운데 심장이 염원해 마지않는 단순한 것들이 놓여 있었으니, 저녁 정찬과 침대와 잠과 아침 식사였다. 어떤 남자도 그 이상을 바라진 못하리라. 프레드는 자신이 살아 있음을 두 귀로 들을 수 있었다.

그녀는 그에게 자신의 어린 시절을, 악전고투했던 시절을, 야심과 성공을 이야기했다. 그리고 성공이 불러온 그 모든 경쟁과 시기심에 대해서도 이야기했다.

"사람들은 나에 대해 정말로 함부로 떠들어대요. 카피텐 프레드. 내가 고양이를 불에 구워 그 털을 먹는다고 해요. 저녁으론 도마뱀의 꼬리와 원숭이 기름을 짜서 만든 버터에 지진 공

* 영국 런던 교외의 큐에 있는 왕립 식물원.

작새 뇌를 먹는대요. 그리고 내가 루이 14세 풍의 가발을 씌운 사람 해골로 크로케를 즐긴다는 거예요."

"그게 뭐가 재미있는지 전 도무지 모르겠군요."

버나비가 얼굴을 찌푸리며 답했다.

"제 인생 얘기는 이만 하죠. 기구 얘길 더 해주세요."

그녀의 요청에 그는 고심했다. 에이스로 치고 나가자, 라고 마음먹었다. 빠른 발을 먼저 내딛고, 가장 쓸 만한 이야기부터 내놓는 거다.

"작년에……."

그가 운을 뗐다.

"미스터 루시라는 신사와 콜빌 대위와 함께 크리스털팰리스에서 이륙한 적이 있습니다. 바람은 남에서 서로, 그리고 다시 서에서 남으로 오락가락하고 있었죠. 우리는 구름 위까지 올라갔는데, 추측하기엔 템스강 어귀를 건너고 있었던 것 같습니다. 태양 바로 아래에 있게 되었는데, 대위가 정확히 표현한 바에 따르면, 이가 갈리게 더웠습니다. 그래서 난 코트를 벗어서 닻의 고리에 걸고는 대위에게 그래도 구름 위로 올라와서 한 가지 편한 건 있다고 말했습니다. 그러니까, 신사라고 해도 공공장소에서 셔츠 바람으로 앉아 있을 수 있다는 뜻이었죠."

그는 잠시 말을 멈추고 웃으면서, 런던에서 으레 그랬듯 상대도 웃음으로 화답할 거라 예상했다. 정작 그녀는 희미한 미소와 함께 '그래서요?'라고 묻는 듯한 표정을 짓고 있었다. 그녀가 아무 말이 없자 그는 정신을 바짝 차리고 서둘러 말을 이어갔다.

"그런데 그때였습니다. 그렇게 앉아 있는데, 바람이 거의 없어서 기구가 멈춰 있는 것처럼 느껴졌어요. 그래서 시선을 떨구고 아래를 보았습니다. 우리 중 하나가 아래를 보고는 다른 사람들에게도 보라고 했던 겁니다. 그 광경을 상상해 보세요. 우리 바로 아래에 양털 같은 구름이 아득히 펼쳐져 있고, 그래서 그 아래의 육지도 강 어귀도 보이지 않던 가운데, 문득 우리 앞에 펼쳐진 경이로운 광경을 본 거예요. 태양이—그는 한 손을 들어 태양이 떠 있는 위치를 가리켜 보였다—우리가 탄 기구와 모양이 똑같은 그림자를 구름의 평평한 표면 위에 드리우고 있었어요. 가스 주머니가 보였고, 밧줄과 바구니도 보였습니다. 제일 이상했던 건 우리 세 사람의 머리 윤곽선이 그렇게 뚜렷할 수가 없는 거예요. 뭐랄까요, 그건 우리 자신을, 우리의 탐험을 거대한 사진으로 찍어서 들여다보는 것 같았습니다."

"실물보다 더 커 보였단 말이죠."

"정말로요."

그러나 프레드는 자신이 이야기를 어느 정도 뜯어고치고 있다는 점이 마음에 걸렸다. 집중해서 듣는 그녀에게 기가 눌려 겁을 집어먹은 탓이었다. 그는 시무룩해졌다.

"우리 둘 다 그렇군요. 당신이 말했듯, 나는 무대 위에서 실제보다 더 커 보이죠. 그리고 당신은 당신 모습 그대로 더 커 보이고요."

프레드는 속으로 짜릿하니 우쭐해지는 것을 느꼈다. 비난을 들어도 할 말이 없을 상황인데 칭찬을 받은 것이다. 그는 여느 다른 남자 못지않게 우쭐한 기분을 만끽했다. 그러나 또다시, 그녀가 그냥 사실 그대로를 말한 것에 지나지 않는다는 생각이 들었다. 그리고 이 점에서 그들의 상황은 역설적이라 할 수 있었다. 관습적인 삶의 기준으로 볼 때, 둘은 각각 이국적인 존재였다. 하지만 함께할 때 그의 눈엔 어떤 연극도, 연기도, 무대의상도 들어오지 않았다. 그가 근위기병연대의 비번 제복 차림이고, 그녀가 모피와 안에 죽은 올빼미가 앉아 있는 듯 보이는 모자를 옆에 벗어 던진 채로 있었다 해도 말이다. 그는 스스로도 인정하다시피 반쯤은 혼란에 빠져 있었고, 짐작건대 4분의 3쯤은 사랑에 빠져 있었다.

그녀가 보일 듯 말 듯 머나먼 미소를 지으며 말했다.

"제가 혹시나 기구를 타게 된다면 당신을 생각할 거예요. 그

점은 약속드릴 수 있어요. 그리고 저는 언제나 약속을 지킨답니다."

"언제나요?"

"마음만 먹으면 언제나. 물론, 약속을 하면서도 지켜야겠다는 작정은 안 하는 경우도 있어요. 그렇지만 그런 걸 약속이라고 할 수는 없지 않나요?"

"그렇다면, 언젠가 제 기구에 타주시겠다는 약속으로 제게 영광을 베풀어 주시렵니까?"

그녀가 잠시 말을 멈췄다. 그가 너무 앞질러 나간 걸까? 하지만 자신이 뜻하는 바, 자신이 느끼는 바를 말하는 게 아니라면 솔직함이 대체 어떤 쓸모가 있단 말인가.

"그렇지만 카피텐 프레드, 그러면 기구의 무게 균형을 맞추기가 힘들지 않나요?"

가히 훌륭하고 실용적인 지적이 아닐 수 없었다. 프레드는 사라보다 적어도 두 배는 더 무거웠다. 그녀 쪽에 밸러스트를 거의 전부 다 갖다 놓아야 할 터였다. 하지만 그가 그녀 쪽으로 다가가서 밸러스트를 밖으로 떨어뜨려야 하는 상황이 오면……. 그는 이런 촌극이 실제 상황이나 되는 것처럼 상상에 빠져 있다가, 뒤늦게야 비로소 그녀가 다른 의미로 이야기를 한 건 아닌가 생각하기 시작했다. 그도 그럴 것이, 그는 은유에 대해선 헛갈릴 때가 한두 번이 아니었다.

아니, 그는 4분의 3쯤 사랑에 빠진 게 아니었다.

"미끼를 물어."

프레드는 호텔 침실의 전신 거울에 비친 제복 차림의 자신을 바라보며 말했다. 거울을 두른 테의 흐리터분한 금색은 그가 입은 차분한 재킷 가장자리를 두른 레이스의 화사한 색 앞에서 맥을 못 추었다.

"미끼를 물으라고, 프레드 대령."

그는 전에도 이런 순간을 상상한 적이 자주 있었고, 여인의 두 눈, 한 번의 미소, 흔들리는 드레스 자락 때문에 반쯤만 사랑에 빠졌던 때와 지금 이 순간이 어떻게 다른지 알아내려고 애썼다. 그 시절 그는 언제나 향후 며칠 동안 벌어질 일들을 그려볼 수 있었고, 간혹 며칠간의 상황이 자신이 예측했던 것과 똑같이 흘러가는 것을 본 적도 있었다. 그러나 이번엔 상상과 실제가 멈춰버렸고, 꿈과 욕망이 실현되었다. 이제, 어떤 의미에서 그가 한껏 꿈꿨던 것보다 더 빨리, 더 짜릿하게 실현되자, 욕망은 오히려 더 큰 욕망을 부채질했다. 그녀와 함께한 짧은 시간은 더 많은 시간을 함께하고 싶다는 욕망을 부채질했고, 급기야 내내 함께 하고 싶어졌다. 그들이 함께 극장에서 포르튀니가까지 간 짧은 거리는 더 먼 거리, 그녀가 무대에서 연기했던 사람들이 사는 모든 나라를 함께 여행하고 싶다는 욕망을 부채질했다. 그리고 얼마 안 가선 그 밖의 세상에 존재하는 모든 나라들로 번져갔다. 그녀와 함께 세상 모든 곳에 간다는 것으로. 전에 누군가 그에게 그녀의 슬라브적 아름다움에 대해 언급한 적이 있었다. 그래서 그는 그녀와 함께 동방을 여행하며 그곳 사람들과 그녀의 외모를 견줘보는 상상을 했고, 그러다 마침내 그녀는 인상학의 풍경 속에서 완전히 하나로 뒤섞여버리고 오직 끝없이 많은 슬라브인들과 프레드 대령만 남게 되었다. 그는 그녀가 또 한 번, 남장 여자 역할을 맡아 그 아담하고 나긋나긋한 모습으로 보통 여자들과 달리 두 다리를 벌리고 말에 걸터앉은 채 그의 옆에 있는 모습을 상상했다. 그는 그들이 한 마리의 말을 같이 타고 있는 모습을, 그가 뒤에 앉아 고삐를 잡으며 두 팔로 앞에 앉은 그녀를 감싸는 모습을 그려보았다.

그는 그들이 커플이 되어, 떨어져 있던 것을 하나로 이어, 하나의 삶을 이루어가는 모습을 그려보았다. 그의 상상 속에서 그들은 언제나 움직이고 있었다. 그는, 그들은, 위로 날아오르고 있었다.

보헤미안이었고 세상 물정에 밝은 사람이었지만, 프레드 버나비는 매일 밤 무대 뒤에 와서 더없이 세련된 방식으로 박수갈채를 바치는 사람들의 예법으로 볼 때 세련되었다고 할 수 없었다. 그러나 그는 지적이었고, 여러 곳을 두루 다녔다. 그래서 한두 주 정도 지났을 때, 다른 사람들이 자신의 정황을 어떻게 받아들이고 있을지를 의식하기 시작했다. 그래서 그는 그들이 할 법한 말을 내뱉어 보았다.

"여자잖아. 프랑스 여자라고. 그리고 배우이고. 그런데 정직할 수 있을까?"

그는 자신의 친구들과 동료 장교들이 뭐라고 말할지 알았다. 그가 아무리 명확하게 설명해 준다 해도 그들은 능글맞은 웃음을 지을 것이다. 그러나 그들의 마음엔 일반론과 평판과 루머가 가득 들어차 있다. 그들은 자기들이 결국 고향으로 돌아가 좋은 가문 출신에, 실리적인 걸로 치면 부엌에 딸린 텃밭과 견주어도 될 만큼 하등 복잡하지도 신비롭지도 않은 마음씨의 영국 여자와 결혼하게 될 것임을 알기에 안심하고, 얼마 동안 더없이 행복한 마음으로 백인 소녀들과 예쁜 키르기즈스탄 미망인들을 좇고 있던 터였다. 밤늦은 시간에 브랜디 소다수를 마시다가, 색달랐던 미소와 아내보다 가무잡잡한 얼굴, 반 정도 알아들은 몇 마디의 속삭임이 불러온 향수에 잠깐이나마 무릎을 꿇을지도 모른다. 그러나 그렇게 함으로써 그들은 충직하게 가정의 품으로 돌아갈 것이며, 자신의 삶을 적절히 규제했다고 믿어 의심치 않을 것이다.

프레드 버나비는 그런 사람이 아니었다. 마담 사라도 마찬가지였다. 그녀는 그에게 추파를 던지지 않았다. 아니, 그녀가 던진 추파는 사기도 간계도 아닌, 하나의 약속이었다. 그녀의 눈과 미소는 그가 받아들인 하나의 제안이자 제의였다. 마담 사라가 평소 마음에 들어한 귀고리에 관한 얘기를 마담 게라르가 나중에 그에게 귀띔해 준 뒤, 그가 그것을 사다 주자 사라가 감사를 표하면서도 놀라지 않았던 사실, 이 역시 지나치리만큼 솔직한 태도라 할 수 있었다. 그러므로 그는 자신을 조롱하는 동료 장교들에게 이렇게 대답할 것이다. 그들도 장밋빛 뺨을 한 순결한 영국인 약혼녀들에게 똑같이 선물을 사주지 않느냐고, 그러면 그녀들도 그들이 눈치채지 못할 정도로 깜짝 놀란 척, 예쁜 교태를 부리지 않느냐고 말이다. 그에 반해, 마담 사라는 그에게 언제나—비록 이 '언제나'가 단 2, 3주에 지나지 않긴 했지만—솔직했다.

그녀에겐 의혹의 눈길로 그를 바라볼, 비위를 맞춰야 할 가족 같은 것도 없었다. 물론 마담 게라르가 있긴 했다. 그녀는 선봉장이자 후방 지원군이었고, 거기에 참모를 한데 합친 존재였다. 그는 그녀의 충직한 성격을 알아보고 높이 샀다. 그녀와 프레드 대령은 서로 통하는 데가 있었다. 그래서 그의 배포가 한껏 두둑해지는 때가 되면, 그녀는 말없는 엄정한 태도로 그의 돈을 받아 갔다. 게라르를 빼면 마담 사라에겐 아들이 하나 있을 뿐이었는데, 아이는 친근한 성격의 소년으로, 스포츠나 게임 쪽으로 교육을 시키면 좋을 듯했다. 대륙의 유럽인들은 그런 종목에서 교육을 좀 받아야 할 필요가 있었다. 스페인에 가면, 사람들은 앉아 있는 자고새에게 총을 쏘며 자부심을 느꼈다. 포Pau에서 그는 지역 사냥 모임에 초대를 받은 적이 있었다. 그곳 사람들은 후각이 둔한 사냥개들이 쫓아갈 수 있도록 여우의 몸에 아니스 씨를 담은 주머니를 채웠다. 프레드의 말은 심하게 작아서 그가 타면 발꿈치가 땅에 질질 끌릴 정도였다. 그리고 모든 경기가 겨우 20분이면 끝이 나버렸다.

그는 즐겁게 영국을 떠났었다. 영국엔 익히 알려진 돈독한 친구들이 있었지만, 그의 영혼은 열기와 먼지에 끌렸다. 그리고 에드워드 롱생크스에게로 아득히 거슬러 올라가는 순수한 영국인의 피가 흐르고 있었을지언정, 그는 그런 점이 늘 분명해 보이는 건 아니라는 점을 알았다. 그는 몇몇 사람들이 은연중에 품고 있는 생각을 알았다. 그들이 술을 마시다가 하마터면 그에게 대놓고 말할 뻔한 적이 있었기 때문이다. 젊은 소위

였을 때, 군 식당에선 그가 이탈리아 바리톤 가수처럼 생겼다는 농담이 떠돌았다.

"노래를 불러줘, 버나비."

동료들은 구호를 만들어 외쳤다. 그래서 한 번도 그냥 넘어가는 법 없이, 그들이 싫증을 낼 때까지 그는 자리에 서서 노래를 불렀다. 그것은 오페레타도 아니요, 외설적인 노래도 아닌, 영국 시골 마을을 주제로 한 평범하고 신나는 노래였다.

당시 군에는 다이어라는 이름의 거만하기 짝이 없는 젊은 중위가 있었는데, 버나비가 유대인일지도 모른다는 뜻을 시도 때도 없이 넌지시 비쳤다. 물론 말로 이러쿵저러쿵 떠들어댄 게 아니라, 누구나 눈치챌 수 있을 정도로 뻔한 암시를 통해서였다.

"돈 문제? 그럼 버나비에게 물어봐야지."

은근함과는 거리가 먼 암시였다. 그런 식의 말을 몇 번 들은 후, 버나비는 다이어 중위를 한쪽으로 데려가선 계급장을 뗀 상태로 이야기를 나누었다. 그것으로 상황은 일단락되었다. 그러나 버나비는 잊지 않았다.

그런 이유로 마담 사라가 유대인이라는 사실에 대해 그는 이렇다 하게 신경 쓰지 않았다. 그녀는 유대인 태생이지만 가톨릭으로 개종한 사람이었다. 한 인종을 다른 인종보다 더 선

호하는 문제에서 버나비는 치우친 감정에 빠지는 일이 없었지만, 유대인의 경우, 그가 만났던 대부분의 프랑스인보다는 자신이 더 관대한 시선으로 보았다고 믿었다. 그러므로 어떤 면에선 자처해서 그런 편견을 취한 것이라고도 할 수 있었다. 만약 다이어가 그들을 자기 보고 싶은 대로 봤다면, 프레드와 사라 둘 다 가짜 유대인이라고 했을 수도 있으리라. 그런 점 때문에 버나비는 마담 사라가 더 가깝게 느껴졌다.

그렇게 몇 주의 시간이 흘렀을 때, 버나비는 그들의 미래를 좀 더 뚜렷하게 그려보았다. 그는 장교직에서 은퇴할 것이다. 그는 영국을 떠나고, 그녀는 파리를 떠날 것이다. 물론 그녀는 이후로도 전 세계의 찬사를 받겠지만, 그녀의 천재성이 시시각각 허비되어선 안 될 일이었다. 그녀는 배우로서 한 시즌은 이곳에서, 한 시즌은 다른 곳에서 일할 것이고, 그사이에 그들은 짬을 내서 그녀의 이름이 아직 알려지지 않은 곳을 함께 여행할 것이다. 보헤미안의 낭만을 함께 나누는 가운데 새로운 패턴이 생겨날 것이다. 사랑은 그녀를 바꿀 것이다. 그를 바꾼 것처럼. 그 방법에 대해선, 그는 정확히 알지 못했다.

모든 것이 그의 마음속에서 이렇듯 분명한데, 마땅히 제안을 해야만 하지 않겠는가. 물론 지금은 아니었다. 저녁 식사와 취침 시간 사이에는 안 되었다. 이런 주제는 아침이 제격이었다. 득의만만해진 그는 오리고기 발로틴 요리를 앞두고 혼잣말을 하기까지 했다.

"카피텐 프레드."

사라가 이렇게 운을 뗐을 때, 그는 축복이란 그 두 마디 말을 그 목소리로, 그 프랑스 억양으로 평생 듣게 되는 것이라고 생각했다.

"카피텐 프레드, 비행의 미래가 어떨 거라고 상상하나요? 인간의 비행, 인류, 남자와 여자가 다 함께 저 하늘 위에 있게 되는 미래 말이에요."

그는 자신이 들은 질문에 대답했다.

"본격적인 항공술은 가벼움과 힘의 문제를 극복하기만 하면 이루어질 겁니다. 저의 시도를 포함해서 기구를 움직이고 조종하는 많은 시도가 실패로 끝났습니다. 아마 앞으로도 계속 그럴 겁니다. 중항공기 비행이 미래라는 사실에는 의심할 여지가 없습니다."

"그렇군요. 전 아직 기구를 타본 적도 없지만 유감이란 생각이 드네요."

그는 헛기침을 했다.

"그 이유를 여쭤봐도 될까요? 베르나르 양?"

"물론이죠, 카피텐 프레드. 기구를 탄다는 건 곧 자유를 누리는 거잖아요, 그렇죠?"

"맞는 말입니다."

"기구는 변덕스러운 자연 때문에 어디로 움직일지 전혀 알 수 없어요. 그래서 위험하기도 하고요."

"맞습니다."

"그에 반해, 우리가 중항공기를 상상할 수밖에 없다면, 그건 모종의 엔진을 갖춘 것이겠죠. 항공기를 조종하는 장치들이 만들어져서 상승하고 하강하는 명령을 내리게 되겠죠. 그만큼 덜 위험해질 거고요."

"두말하면 잔소리죠."

"제가 무슨 말을 하는지 모르시겠어요?"

버나비는 곰곰이 생각했다. 그가 이해하지 못하는 건 상대가 여자라서인가, 프랑스인이라서인가, 아니면 배우라서인가?

"마담 사라, 내가 아직도 구름 속에 있는 게 아닌가 두렵군요."

그녀는 다시 미소를 지었는데, 그것은 여배우의 미소가 아니었다. 만약 그게 아니라면, 여배우란 자신이 지닌 흔한 기술 중 하나를 발휘해 배우가 아닌 일반인의 미소를 얼마든지 지을 수 있는 존재라는 사실을 그는 불현듯 깨달았다.

"난 전쟁이 평화보다 낫다고 말하는 게 아니에요. 그런 말이 아니에요. 그렇지만 위험이 안전보다 좋다는 말이죠."

이제 그는 그녀의 의중을 헤아릴 것 같다고 생각했고, 들려오는 소리가 마음에 들지 않았다.

"나도 당신만큼이나 위험을 신봉해요. 한시도 위험과 멀리하지 않을 겁니다. 언제나 위험과 모험이 부르는 곳으로 갈 거예요. 늘 접전지를 찾아다닐 테고요. 조국이 날 필요로 한다면 어김없이 화답할 겁니다."

"그 사실을 알게 되어 기쁘군요."

"하지만……."

"하지만?"

"마담 사라, 미래는 중항공기에 달려 있습니다. 우리처럼 기구에 미친 사람들이 그걸 바라지 않는다 해도요."

"그 문제는 이미 대화와 합의를 거치지 않았나요?"

"그래요. 하지만 내가 의도했던 바는 그게 아닙니다."

그는 잠시 말을 멈추었다. 그녀는 기다렸다. 그의 이야기가 어디로 향할지 그녀가 알고 있음을 그는 알았다. 그는 다시 시작했다.

"우린 둘 다 보헤미안이에요. 둘 다 여행가고 매인 데가 없는 몸이죠. 우리는 평범하게 돌아가는 세상에 저항하며 살아

갑니다. 우리는 명령을 쉽게 따르지 못해요."

그는 잠시 말을 멈추었다. 그녀는 기다렸다.

"아, 제발 부탁인데, 마담 사라, 내가 무슨 말을 할지 당신은 알고 있어요. 비유를 주고받는 건 더는 못 하겠어요. 당신을 보자마자 사랑에 빠진 남자가 내가 처음은 아닐 겁니다. 그럴 리 없을까 봐 두렵지만, 마지막 남자도 아니겠지요. 하지만 지금 당신을 사랑하는 이 감정은 예전엔 내게 한 번도 존재한 적이 없는 그런 것입니다. 우리는 같은 영혼을 가졌다는 것, 내가 아는 건 그겁니다."

그는 그녀를 뚫어져라 응시했다. 그녀는 그가 보기에 더없이 평온하다고밖에는 해석할 수 없는 눈으로 그를 응시했다. 그렇지만 그게 그녀도 그와 같은 마음이라는 것일까, 아니면 그의 말에 동요되지 않는다는 것일까? 그의 말이 이어졌다.

"우리는 둘 다 성인이에요. 우리는 세상 이치를 알아요. 난 이름만 군인인 사람이 아닙니다. 당신도 앙주뉘*는 아니죠. 나와 결혼해 줘요. 나와 결혼해 줘요. 당신의 발치에 나의 심장과 함께 나의 검을 내려놓습니다. 나로선 이보다 더 명명백백히 할 수 있는 말이 없습니다."

* 영화나 연극에 등장하는 순진한 처녀를 가리키는 말.

그는 그녀의 반응을 기다렸다. 그녀의 눈빛이 일순 반짝였다는 생각이 들었다. 그녀가 그의 팔에 손을 얹었다.

"몽 셰르* 카피텐 프레드."

그런 말이 무색하게, 그녀의 어조는 그를 근위기병연대의 장교라기보다는 학생처럼 느끼게 하는 데가 있었다.

"난 당신이 이름만 번지르르한 군인이라고 생각한 적이 단 한 번도 없어요. 난 당신의 말을 진지하게 받아들이는 것으로 당신에게 경의를 표해요. 그리고 정말 그 말씀에 황송해지는군요."

"그렇지만?"

"그래요, '그렇지만'이라는 말은 인생이 우리가 바라는 것보다 더 자주 우리에게 강제하는 말이죠. 하지만 나 나름의 솔직한 말로 당신의 솔직한 말에 대답하는 것으로 경의를 표해요. 그렇지만 행복은 내가 살아가는 이유가 아니라고요."

"그렇게 말해선 안 돼요. 몇 주 하고도 몇 달을 이렇게 보내고서……."

"아, 그렇지만 그렇게 말할 수 있는걸요. 그래서 난 지금 그렇게 말하는 거고요. 내가 살아가는 이유는 감각, 쾌락, 바로

* 프랑스어로 '사랑하는', '소중한'이라는 뜻.

지금 이 순간에 있어요. 난 끊임없이 새로운 감각과 새로운 감정을 찾아 헤매요. 삶이 닳아 없어질 때까지 그렇게 살아갈 거예요. 나의 마음은 어느 누구, 어느 한 사람이 줄 수 있는 것 이상으로 짜릿한 흥분을 원한답니다."

그는 그녀에게서 시선을 거두었다. 그것은 남자로선 버티기 힘든 말이었다.

"이 사실을 이해해 주셔야 해요."

그녀는 계속 이야기하고 있었다.

"난 절대 결혼하지 않을 거예요. 그 점은 약속할 수 있어요. 당신이 말했듯, 난 언제나 기구에 미쳐 있을 거예요. 난 그 누구와도 중항공기에 함께 타지 않을 거예요. 제가 뭘 할 수 있겠어요? 내게 화를 내선 안 돼요. 날 불완전한 사람으로 봐줘야만 해요."

그는 분발해 마지막 시도를 감행했다.

"마담 사라. 우린 모두 불완전한 존재들입니다. 나도 당신 못지않게 불완전한 사람입니다. 우린 그런 이유로 다른 사람을 찾는 겁니다. 완전해지기 위해서. 그리고 나 역시 내가 결혼할 거라는 생각은 한 번도 한 적이 없습니다. 결혼이 인습적이어서가 아닙니다. 다만, 예전에는 그럴 용기가 없었던 겁니다. 결혼에 대한 내 생각이 궁금하시다면, 결혼이란 창을 들고 덤비는 한 때의 이단자들보다도 훨씬 더 위험하다고 생각합니다. 두려워하지 마십시오, 마담 사라. 두려움에 지배당한 나머지 행동을 접는 일은 없어야 합니다. 내 첫 부대장이 늘 내게 했던 말입니다."

"이건 두려움이 아니에요, 카피텐 프레드."

그녀가 부드럽게 말했다.

"전 저 자신을 잘 알고 있을 뿐이에요. 그러니 저에게 화내지 마세요."

"화나지 않았습니다. 당신의 태도엔 분노를 무장 해제시키는 면이 있으니까요. 만약 내가 화난 것처럼 보인다면, 나는 당신과 우리를 만들어낸 이 우주에 화가 나 있는 겁니다. 그래서 이런…… 그래서 이런 방식으로……."

"카피텐 프레드. 시간이 늦었어요. 우리 둘 다 피곤하고요. 내일 제 분장실로 오세요. 그럼 이해하게 될지도 모르겠네요."

(막간을 이용해 또 다른 러브스토리를 이야기해 보자. 1893년, 프레드 버나비가 세나르 숲에 사는 나다르와 실어증에 걸린 그의 아내를 방문했던 바로 그 해, 에드몽 드 공쿠르가 사라 베르나르와 「라 포스탱」의 대본 읽기에 앞서 저녁 정찬을 함께 한다. 그가 도착했을 때도 베르나르는 리허설 중이어서 그는 손님을 맞는 별도의 스튜디오로 안내된다. 공

쿠르는 유미주의자의 시선으로 요란한 실내장식을 냉랭하게 평가하기 시작한다. 그는 그곳이 중세 시대의 식기 서랍장과 상감 세공을 한 유리 진열장, 칠레산 도자기상과 원시 부족의 악기들, 그리고 '예술 작품인 척하는 저속한 아랍 물품'들로 뒤죽박죽이 돼 있음을 발견한다. 진정한 개인적 취향이 엿보이는 유일한 흔적은 베르나르가 — 오늘 밤처럼 대개 흰 드레스를 입고 — 사람들에게 즐겨 이야기를 들려주는 구석의 북극곰 가죽들을 진열해 놓은 자리이다. 온갖 예술 허섭스레기들이 망라된 가운데 공쿠르는 또, 사소하지만 강렬한 감정의 드라마를 발견한다. 스튜디오 한가운데에 앙증맞은 원숭이와 부리가 어마어마하게 큰 앵무새가 들어 있는 새장이 하나 놓여 있다. 원숭이는 그네를 타고 오락가락하면서 앵무새의 깃털을 잡아 뽑고, '순교자'가 따로 없을 정도로 쉴 새 없이 괴롭히면서 이리 뛰고 저리 뛴다. 앵무새는 원숭이 따위는 능히 부리로 쪼아 반 동강을 낼 수 있을 텐데도, 다만 구슬프고 애통한 울음소리를 토할 뿐이다. 공쿠르는 가엾은 앵무새에게 동정심을 느끼며, 그저 견디는 것 말고는 할 수 있는 것이 없는 그 끔찍한 삶에 대해 한마디 지적한다. 그러자 전에 이 새와 짐승을 따로 분리했더니 새가 슬픈 나머지 거의 죽을 뻔했다는 해명이 뒤따른다. 자기를 고문하던 짐승과 같은 우리에 넣어주었더니 겨우 살아났다는 것이다.)

버나비는 방문하기 전에 꽃을 먼저 보냈다. 베르나르가 연적에게 독살당하는 한 세기 전의 여배우 아드리엔 르쿠브뢰르를 연기하는 모습을 관람한 후 그는 그녀의 분장실로 갔다. 그녀는 매혹적이었다. 늘 보던 얼굴들이 있었다. 그들은 늘 하던 말을 했고, 늘 하던 감상을 피력했다. 그는 마담 게라르 옆에 앉아 신중하게 질문을 던져 모종의 새로운 책략이나 숨은 버팀대가 있는지 알아내려 했다……. 그때 잠시 정적이 돌아서 그가 고개를 들었다. 성장이 멈춘 듯한 작은 체구의 프랑스 남자에게 안겨 있는 그녀의 모습이 보였다. 남자는 원숭이처럼 생긴 얼굴에 바보 같은 단장을 짚고 있었다.

"안녕히 가세요, 신사 여러분."

신사들은 하나같이 놀랄 것 없다는 투로 중얼거리며 그녀에게 인사했다. 그가 맨 처음 그녀를 방문했을 때와 조금도 다르지 않은 광경이었다. 그녀는 건너편의 그를 보곤 고개를 끄덕인 후, 조용히 시선을 옮겼다. 마담 게라르가 자리에서 일어나더니 그에게 저녁 인사를 했다. 그는 마담 사라가 떠나는 모습을 지켜보았다. 그는 이미 답변을 들은 것이었다. 물이 너무나 차가운데, 그는 추위를 감당할 코르크 오버재킷조차 없었다.

아니, 그는 화가 난 게 아니었다. 그리고 분장실의 신사들은 최소한 예의를 갖출 줄 아는 사람들이어서 좀 전에 일어난 일을 상기시키거나 예전에 그들이 겪었던 비슷한, 아니, 정확히 말하면 똑같은 사례를 넌지시 들먹이는 일은 없었다. 그들은 그에게 샴페인을 더 들라고 권하면서 '갈의 왕자'*에 대해 정중하게 질문했다. 그들은 그들이 갖춰야 할 예우를 지켰고, 그의 예우를 존중했다. 적어도 이 점에 대해서만은 그들은 흠 잡을 데 없었다.

그러나 그는 절대로 그들 무리에 끼거나, 미소를 지으며 그녀를 졸졸 쫓아다니는 옛 애인 중 하나는 되지 않을 작정이었다. 그런 행태가 그에게는 매우 불쾌하며 거의 부도덕하게 여겨졌다. 그는 애인에서 친한 친구로 자리매김되기를 거부했다. 그런 식의 자리 교체엔 관심이 없었다. 뿐만 아니라 그는 자신과 처지가 비슷한 사람들과 모임을 결성하여 베르나르에게 눈표범 따위의 이국적인 선물을 사줄 생각도 없었다. 그리고 그는 화가 난 게 아니었다. 그러나 고통이 자리 잡기 전에, 후회할 시간은 있었다. 그가 모든 것을 꺼내어 펼쳐놓았건만, 자신의 가장 좋은 것을 보여주었건만, 그것으로도 부족했던 것이다. 그는 자신이 보헤미안이라고 생각했지만, 그녀는 그런 그도 따라가지 못할 정도로 가공할 보헤미안이었다. 그리고 그는 그녀가 자기 자신에 대해 설명한 것을 끝내 이해하지 못

* le prince de Galles, 영국 왕세자를 뜻하는 프랑스어.

했다.

그것은 향후 몇 년간 계속될 고통이었다. 그는 여행과 접전에 참여하는 것으로 그 아픔을 달랬다. 그 일에 대해선 일절 언급하는 법이 없었다. 누군가 그에게 왜 그리 심기가 좋지 않으냐고 물으면 그는 우울한 외양간올빼미 때문에 덩달아 우울한 거라고 대답했다. 그러면 질문한 사람은 이해했고, 더는 묻지 않았다.

그가 순진했던 것일까? 아니면 야심이 도를 넘어선 걸까? 아마도 둘 다였는지도 모른다. 생활 면에서 그는 보헤미안이고 모험가일지 모르지만, 그러면서도 그는 어떤 패턴을, 설령 그것에 걷어차이는 한이 있더라도—실제로 그런 때조차—버티며 살아가게 하는 힘을 주는 어떤 원칙을 추구했다. 이는 군대의 규칙이 그에게 준 것이었다. 그러나 군대가 아닌 다른 곳에서는? 어느 것이 올바른 패턴이고, 어느 것이 그릇된 패턴인지 한 남자가 어찌 알 수 있을까. 이것이 그를 따라다니던 한 가지 의문이었다. 여기, 또 다른 의문이 있었다. 그녀는 정직했었나? 그녀의 언행은 자연스러운 것이었나, 아니면 자연스러움을 가장한 것이었나? 그는 자신의 기억을 부단히 뒤지며 증거가 될 만한 것들을 찾았다. 그녀는 자기는 약속을 어기는 법이 없다고 말했다. 그녀가 그 약속들을 지킨다는 뜻으로 말했다면 말이다. 그녀는 그에게 거짓 약속을 한 것이었나? 그는 어느 한쪽으로도 생각을 굳힐 수가 없었다. 그녀가 그에게 사랑한다고 말했던가? 물론이다. 여러 번이었다. 그러나 거기에 '영원히'라는 말을 덧붙인 건 그의 상상, 다시 말해, 그의 귓전에 들리는 프롬프터*의 목소리였다. 그녀가 그에게 사랑한다고 말했을 때, 그는 어떤 의미로 그렇게 말하는 거냐고 묻지 않았다. 사랑에 빠진 사람이라면 어느 누가 그렇게 말할 수 있을까? 그렇게 호사스럽고 현란한 말들이 나온 순간에 거기에 주석을 요하는 경우가 과연 있을까.

그리고 그제야 비로소 그는 깨달았다. 그가 물었다면 그녀는 '내가 당신을 사랑할 수 있는 동안 당신을 사랑할 거예요'라고 대답했으리라는 것을. 사랑에 빠진 자가 그 이상을 요구할 수 있을까? 그때에도 프롬프터의 목소리는 '그 말은 '영원히'라는 뜻이야'라고 속삭였을 것이다. 남자의 허영이란 가히 이 정도였다. 그렇다면 그들의 사랑이란 것도 어디까지나 그의 환상이 구축한 것에 지나지 않았단 말인가? 그는 믿을 수도 없었고 믿지도 않았다. 그는 3개월 동안 그의 능력껏 그녀를 사랑했

* 연극에서 무대 뒤에 숨어 배우에게 대사를 일러주는 사람.

고, 그녀 역시 마찬가지였다. 다만, 그녀의 사랑에 타임스위치가 내장되어 있었던 것뿐이고, 설령 그가 그녀의 옛 애인들에 관해 묻고, 또 그들과 얼마나 오래 사귀었는지 물어봤다 한들 달리 도움이 되지 않았을 것이다. 그도 그럴 것이 그들이 실패했다는 사실, 그들이 스쳐 지나가는 존재에 불과했다는 사실만이 그의 성공을 보장해 줄 것이기 때문이었다. 그것은 사랑에 빠진 모든 사람들이 믿는 바이다.

아니야. 프레드 버나비는 사라가 정직했다고 생각을 굳혔다. 그를 속인 건 다름 아닌 그 자신이었다. 그러나 그녀가 정직했다는 사실도 고통을 멀리하는 데 도움이 되지 않는다면, 그냥 뜬구름 속에 있는 게 더 나을지도 몰랐다.

그는 마담 사라와 가까워지려는 노력을 일절 끊었다. 그녀가 런던에 왔을 때, 그는 구실을 만들어 떠나 있었다. 얼마간 시간이 흐른 후에야, 그는 그녀가 최근에 거둔 승리의 소식을 눈길 돌리지 않고 읽어 내려갈 수 있었다. 보통 때 같았으면, 이성적인 사람처럼 예전의 그 모든 일들을 돌이켜 생각해 볼 수도 있었으리라. 그들 사이의 일은 이미 벌어진 일이고, 어느 누구의 잘못도 아니며, 누가 누군가를 잔인하게 해코지하려던 것도 아니고, 어디까지나 그저 오해 때문에 일어난 일이었다고. 그러나 그는 늘 그런 식의 침착한 태도와 해명에 의지할 수 있는 사람이 아니었다. 그러고 나서 그는 자신이 가장 지능이 떨어지는 동물이라고 생각하게 되었다. 소파 쿠션을 닥치는 대로 먹어치우는 바람에 결국 마담 사라가 자기 손으로 총을 쏴 죽일 수밖에 없었던 예의 보아뱀이 자기 같다는 생각이 들었다. 총에 맞아 죽은 기분, 그것이 그의 심정이었다.

그러나 그는 결혼을 앞두고 있었으며, 그의 나이는 이미 적지 않은 서른일곱이었다. 신부는 아일랜드의 한 남작의 딸인 엘리자베스 호킨스 위트세드였다. 하지만 만약 그가 하나의 패턴을 추구했거나 기대했다면, 그것은 또 한 번 그를 걷어차 버리고 말았다. 결혼식이 끝난 후, 그의 신부가 폐병으로 앓아눕는 바람에 그들의 신혼여행지는 북아프리카에서 스위스의 요양원으로 바뀌었다. 11개월 후, 엘리자베스는 프레드에게 아들을 안겨줬지만, 그녀는 여생의 대부분을 알프스 고지대에서 벗어나지 못했다. 프레드 대위는 이제 프레드 소령이 되었고, 이후엔 프레드 대령이 되어 여행과 접전의 세계로 다시 뛰어들었다.

그리고 기구 비행에 대한 열정도 되찾았다. 1882년에, 그는 도버 가스 공장에서 이륙해 프랑스를 향했다. 해협 상공에서 빈둥거리다가 그는 어쩔 수 없이 마담 사라를 떠올렸다. 이

비행은 원래 그가 마음먹은 대로 떠나온 것이지만, 그녀가 애교를 부리듯 자기에게 날아오라고 말했던 때를 떠올린 이 순간만은 그게 아니었다. 그녀와의 연분에 대해선 어느 누구에게도 말한 적이 없었지만, 미심쩍어한 사람은 몇몇 있었고, 가끔은 프랫 카드 게임 한 판을 벌인 후, 베이컨과 계란과 맥주로 뒤늦은 저녁 식사를 할 때면, 은근슬쩍 암시를 던지는 사람도 있었다. 그러나 그는 결코 그런 미끼에 걸려드는 법이 없었다. 지금, 하늘에 둥둥 떠 있는 그의 귀에는 오로지 그녀의 음성만 들려왔다. **몽 셰르 카피텐 프레드.** 수많은 세월이 흘렀는데도 그 말에 여전히 가슴이 아렸다. 충동적으로, 그는 시가에 불을 붙였다. 바보 같은 짓이었지만, 그 순간의 그는 자기 인생이 통째로 폭발한다 한들 아랑곳하지 않았다. 그의 마음은 흘러흘러 포르튀니 가로, 그녀의 투명한 푸른 눈동자로, 그녀의 불타오르는 덤불 같은 머리칼로, 그녀의 거대한 등나무 침대로 돌아가고 있었다. 그러다 정신이 든 그는 반쯤 피운 시가를 바다로 던져버렸고, 밸러스트도 몇 개 던진 다음, 더 높은 고도로 올라가며 북풍을 만나기를 바랐다.

몽티니성 부근에 착륙하자 프랑스인들이 그를 맞이했다. 그가 만난 프랑스인들이 모두 그랬듯이 그들도 우호적이었고, 심지어 대영제국의 정치체제가 우월하다는 그의 농담에도 개의치 않았다. 그저 더 많은 음식을 대접하고, 또 지극히 안전한 곳인 난롯가에서 시가를 한 대 더 태우라고 권했다.

영국으로 돌아온 그는 자리를 잡고 앉아 책을 한 권 썼다. 3월 23일의 비행이 있은 후였다. 13일 후인 4월 5일, 샘슨 로 출판사를 통해 『해협 횡단기와 하늘의 모험담』이 출간되었다.

바로 전날인 1882년 4월 4일, 사라 베르나르는 아리스티드 다말과 결혼했다. 다말은 그리스 외교관이었다가 배우로 전업한 인물로, 허랑방탕하고 오만불손한 호색한으로 악명이 높았다. (게다가 낭비벽이 심하고 도박에 탐닉했으며 모르핀 중독자이기도 했다.) 그는 그리스정교도였고, 그녀는 로만가톨릭으로 개종한 유대인이었기 때문에 그들이 가급적 빨리 결혼식을 올릴 수 있는 가장 손쉬운 길은 런던에 있었다. 즉 런던 웰스 스트리트에 있는 세인트 앤드루 개신교 교회에서 결혼식을 올리는 것이었다. 그녀가 프레드 버나비의 책을 사서 신혼여행 때 읽었는지 어땠는지는 알려진 바가 없다. 그들의 결혼은 재앙이었다.

3년 후, 월즐리 경이 하르툼에서 포로가 된 고든 장군을 구출하기 위해 오른 원정길에 불법으로 합류했던 버나비는 아부 클레아 전투*에서 마흐디의 병사가 던진 창에 목이 찔려 전사했다.

버나비 부인은 재혼을 하게 되었다. 그리고 작가로 변신해 다작했다. 첫 번째 남편이 죽은 지 10년째 되는 해에, 그녀는 이제는 쓸모가 없어진 지 오래된 안내서 한 권을 출간했다. 제목은 『설원 사진에 관한 안내서』였다.

* 수단에서 이슬람 반군과 영국군이 벌인 전투 중 하나로, '마흐디(지도자)'라 불리는 무함마드 아마드의 지휘 아래 싸운 수단군이 이집트 주둔 영국군의 지휘관인 고든 장군을 포로로 붙잡자, 영국군은 구출에 나서 전투를 벌였고, 1만 1000명의 수단 병사들을 죽였으나 고든 장군은 이미 참수당한 후였다.

깊이의 상실

Julian Barnes

Levels of Life

전에는 함께였던 적이 없는 두 사람을 하나가 되게 해보라. 어떤 때는 최초로 수소 기구와 열기구를 견인줄로 함께 묶었던 것과 비슷한 결과가 될 수도 있다. 추락한 다음 불에 타는 것과, 불에 탄 다음 추락하는 것, 당신은 둘 중 어느 쪽이 낫겠는가? 그러나 어떤 때는 일이 잘 돌아가서 새로운 뭔가가 이루어지고, 그렇게 세상은 변한다. 그러다가 어느 시점에, 머지않아 이런저런 이유로 그들 중 하나가 사라져 버린다. 그리고 그렇게 사라진 빈자리는 애초에 그 자리에 있었던 것의 총합보다 크다. 이는 수학적으로는 가능하지 않은 일인지도 모른다. 그러나 감정적으로는 가능하다.

전투가 끝난 아부클레아엔 '헤아릴 수 없을 정도로 많은 아랍인들의 시신'이 쌓였고 '시신들은 불가피한 이유로 매장되지 않은 채 남았다'. 하지만 조사를 하지 않은 건 아니었다. 시신들은 모두 한쪽 팔에 마흐디가 지은 기도문이 적힌 가죽 띠를 둘러매고 있었다. 마흐디는 그들에게 영국군의 총탄이 물로 화하게 하리라는 약속을 했다. 사랑은 우리에게 그와 같은 믿음과 불패의 감정을 심어준다. 그리고 가끔, 혹은 자주 정말로 그렇게 될 때가 있다. 우리는 사라 베르나르가 빗방울 사이를 피해 다닌다고 주장한 것처럼 총알 사이를 피해 다닌다. 그러나 언제나 느닷없이 목을 찔러오는 창이 있게 마련이다. 모든 사랑 이야기는 잠재적으로 비탄의 이야기이기 때문이다.

젊은 시절, 세상은 노골적이게도 섹스를 한 사람과 하지 않은 사람으로 나뉜다. 나중에는 사랑을 아는 사람과 알지 못하는 사람으로 나뉜다. 그 후에도 여전히 마찬가지로—적어도 우리가 운이 좋다면(혹은 반대로 운이 나쁘다 해도)—세상은 슬픔을 견뎌낸 사람과 그러지 못한 사람으로 나뉜다. 이런 분류는 절대적인 것이다. 이는 우리가 가로지르는 회귀선이다.

우리는 30년을 함께했다. 처음 만났을 때 나는 서른두 살이었고, 그녀가 죽었을 때는 쉰여섯 살이었다. 그녀는 내 삶의 심장이었다. 내 심장의 생명이었다. 그녀는 늙는다는 개념을 증

오했다. 20대부터 자신이 마흔을 넘기지 못할 거라고 생각했다. 그러나 나는 우리 둘이 함께 이어나갈 삶을 기쁜 마음으로 고대했다. 모든 것이 느려지고 고요해지기를, 함께하는 옛 추억들이 늘어나기를 고대했다. 그녀를 보살피는 나 자신의 모습을 그려볼 수 있었다. 실제로 그러진 못했지만, 내가 나다르처럼 실어증에 걸린 그녀의 관자놀이께 머리칼을 부드럽게 넘겨주고, 다정한 간호사의 역할을 배워가는 과정도 상상했다(정작 그녀 자신이 그런 식으로 의존하는 것을 질색했을지도 모른다는 사실과는 무관하게). 그 대신 찾아온 건, 여름부터 가을로 이어지는 고뇌와 불안과 두려움과 공포였다. 진단이 내려진 후 죽음이 찾아오기까지는 37일이 걸렸다. 나는 그 사실을 추호도 회피하는 법 없이 늘 직시하려고 애썼다. 그러자 미친 사람의 지혜 비슷한 것이 찾아왔다. 거의 매일 밤 병원을 나서면, 그냥 하루 일과를 끝내고 버스를 타고 귀가하는 사람들을 내가 분한 마음으로 노려보고 있음을 깨달았다. 저들은 어쩌면 저렇게 게으르게 아무것도 모르는 상태로 자기들의 무심한 옆얼굴을 여보란 듯 보여주고 있단 말인가. 세상이 이제 이렇게 변하려는 참인데.

우리는 죽음, 그 진부하면서도 유일무이한 현상에 대처하기엔 턱없이 미숙하다. 우리에겐 더 이상 죽음을 더 넓은 패턴의 일부로 삼을 능력이 없다. 그리고 E. M. 포스터가 말했듯, '하나의 죽음은 그 자체를 설명할 수 있을지 몰라도, 다른 죽음에는 한줄기 빛조차 비추지 못한다'. 그래서 사별 이후에 당연히 찾아오는 비탄의 감정도 우리에겐 상상 불가능한 영역이 되고 만다. 그 감정의 지속과 깊이는 물론이요, 그 색채와 결, 그것이 사람을 속이는 방식과 헛된 기대, 되풀이되는 습성까지 모두 포함해서. 그리고 맨 처음 받는 충격을 이야기해 보면, 지금 막 얼음처럼 차가운 북해에 빠졌는데 생존을 유지해 줄 장치는 우스꽝스런 코르크 오버재킷 한 벌뿐인 것과 다르지 않다.

그리고 지금 막 던져진 이 새로운 현실을 미리 대비한다는 건 절대로 불가능하다. 지인 중에 자신이 그럴 수 있을 거라고 생각했던, 혹은 그러기를 바랐던 여자가 하나 있었다. 그녀의 남편은 오랫동안 암과 싸우며 죽어가는 중이었다. 실리적으로 행동하기 위해 그녀는 읽을 만한 책들의 목록을 부탁했고, 사별을 주제로 한 고전들을 모아두었다. 정작 그 순간이 되었을 때, 그런 책들은 있으나 마나 한 것이 되었다. 몇 달처럼 느껴졌던 그 순간을 막상 자세히 들여다보니 불과 며칠에 지나지 않았던 것이다.

몇 년 동안, 나는 가끔씩 늙은 남편의 죽음에 대해 한 여성

작가가 쓴 글을 떠올릴 때가 있었다. 비탄에 빠져 있으면서도 그녀는 자기 내면에서 '난 자유야'라고 나지막하게 속삭이는 진실의 목소리를 들었음을 시인했다. 내 차례가 되었을 때 나는 그 일화를 떠올렸고, 배신의 소리로 들릴 프롬프터의 속삭임이 들릴까 봐 두려워했다. 그러나 그런 목소리도, 그런 말도 내겐 전혀 들리지 않았다. 한 사람의 비탄은 다른 사람의 비탄에 단 한 줄기의 빛도 비추지 못한다.

사별의 고통은 죽음과 마찬가지로 진부하며 유일무이하다. 그런 의미에서 진부한 비교 하나를 들어보자. 차를 다른 브랜드로 바꾸고 나면, 갑자기 길 위에서 같은 브랜드의 차들이 수도 없이 눈에 들어온다. 전에 없던 방식으로 그 차들이 의식에 각인된다. 아내를 잃게 되면, 갑자기 남편을 잃고 아내를 잃은 모든 사람들이 나를 향해 다가오는 것을 깨닫게 된다. 그 전까지 그들은 거의 보이지 않는 존재였다. 다른 운전자들, 배우자가 살아 있는 사람들의 눈에 그들은 여전히 보이지 않는다.

우리는 각자의 성격에 맞게 비탄에 빠진다. 이 사실 역시 뻔해 보이지만 이 시기는 그 무엇 하나 뻔하게 보이지도, 느껴지지도 않는 때다. 한 친구가 죽고 그의 아내와 두 자식만 남았다. 그들이 어떻게 받아들였던가? 그의 아내는 집을 다시 꾸미기 시작했다. 그의 아들은 아버지의 서재에 들어가 그가 생전에 남긴 모든 메시지와 모든 문서와 증거가 될 만한 모든 것을 전부 다 읽을 때까지 방 밖으로 나오지 않았다. 그의 딸은 아버지의 유골을 뿌릴 호수에 띄울 종이 등燈을 만들었다.

또 한 친구가 죽었다. 갑작스러운, 재난과도 같은 죽음이었다. 그는 외국의 한 공항에서 회전식 수화물 수취대에 끼여 죽었다. 그의 아내는 트롤리를 가지러 가고 없었고, 돌아왔을 땐 사람들이 뭔가를 에워싸고 밀치락달치락하고 있었다. 여행가방이 뻥 터져 열린 건가 했다. 하지만 그게 아니라 남편이 몸이 열린 채로 죽어 있었다. 그로부터 1~2년 후에 내 아내가 세상을 떠났을 때, 그녀가 내게 편지를 보냈다.

'중요한 건, 자연은 너무나 정확해서 정확히 그럴 가치가 있을 만큼의 고통을 안겨준다는 거예요. 그래서 어떤 면에서 우리는 그 고통을 즐기기도 한다고 나는 생각해요. 그런 점이 지금까지 문제가 안 되었다면, 앞으로도 그럴 거예요.'

나는 이 말에서 위로를 받았고, 그녀의 편지를 오랫동안 내 책상 위에 올려놓았다. 그럼에도 내가 과연 그 고통을 즐기게 될 것인가에 대해선 회의적이었다. 그러나 그때 나는 막 진입

단계에 있었던 것뿐이었다.

죽음, 비탄, 비애, 슬픔, 통한. 나는 이런 해묵은 표현들만이 이 상황에서 소용 있는 표현이라는 사실을 이미 알고 있었다. 현대적으로 에두르거나 치유 차원에서 쓰는 말은 아무 소용이 없었다. 사별의 슬픔은 인간으로서의 상태이지 의학이 필요한 상태가 아니며, 그 고통과 더불어 다른 모든 것을 잊는 데 도움이 되는 약은 있어도 치유해 주는 약은 없다. 사별의 슬픔에 젖은 사람은 우울증에 걸린 게 아니라 다만 적절하게, 합당하게, 수학적으로 정확하게 ('정확히 그럴 가치가 있을 만큼의 고통을 안겨준다는 거예요') 슬픈 것이다. 내가 유독 혐오해 마지않았던 완곡한 표현은 '(세상을) 뜨다pass'였다. "떠나신 부인의 명복을 빕니다." (뜨긴 뭘 뜬단 말인가. '자리를 뜬다'는 건가, '한 술 뜬다'는 건가.)* '죽다'란 말을 설령 자신은 늘 쓴다고 해도, 다른 사람에게까지 강요할 필요가 없는 건 사실이다. 그 어딘가에 중간점이 있기 마련이다. 평소라면 아내와 함께 참석했을 친목 모임에 나갔을 때, 지인 한 사람이 다가와 내게 군더더기 없이 한마디 했다.

* 이 대목에서 저자는 '죽다'를 완곡하게 표현한 'pass' 동사를 언급하면서, '소변을 본passed water' '피가 흐른passed blood'를 예시로 들고 있으나, 한국어 표현에 맞게 의역했다.

"빠진 분이 계시네요."

두 가지 의미*에서 그것은 정확한 표현이었다.

하나의 비탄이 다른 비탄을 설명해 주지는 않지만, 둘은 서로 겹칠 수 있다. 그런 점에서 사별의 고통을 느끼는 사람들 사이에는 은밀한 공감이 존재한다. 당신이 알고 있는 것을 아는 이는 오로지 당신뿐이라는 점이다. 설령 당신이 아는 것이 다른 종류의 것이라 해도 마찬가지다. 장 콕토의 영화에서처럼 당신은 이제 하나의 거울을 지나쳐 왔고, 이제 자신이 논리와 패턴으로 재정립된 세계에 있음을 발견하게 된다. 사소한 예를 들어보자. 내 아내가 죽기 3년 전에 시인이자 내 오랜 친구인 크리스토퍼 리드 역시 아내를 잃었다. 그는 아내의 죽음과 그 이후에 관한 글을 썼다. 한 시에서 그는 살아 있는 사람들이 죽은 사람들의 부재를 인정할 수 없는 상황을 다음과 같이 묘사했다.

그러나 나는 또한
터부와 규약을 따르라는 부족의 명에 맞서서 무례를 일삼고,
저녁 식사 자리의 대화에서 죽은 아내 얘기를 꺼냈다.

* 작가는 '빠진 분'을 'missing person'이라고 표현했는데, 영어로 miss는 '자리에 불참하다'와 '누군가를 그리워하다'라는 뜻을 동시에 담고 있다.

공포와 메스꺼운 충격과 위신의 추락을 나누는 가운데 흐르는
침묵의 운율.

처음 이 시를 읽었을 때 든 생각은 이거였다. 내가 정말 이상한 인간을 친구로 두었구나. 이런 생각도 했다. 설마, 자네, 진짜로 자네가 무례하게 굴었다고 믿은 건 아니지, 그렇지? 그런 후에 내 차례가 되었을 때, 나는 이해하게 되었다. 나는 내가 이야기하고 싶거나 그래야겠다는 생각이 들면 때를 가리지 않고 아내 얘기를 하겠다고 일찍부터 마음먹고 있었다. (아니, 그보다는 머릿속이 온통 혼란에 빠진 가운데 그런 결정에 휩쓸렸다고 보는 게 맞을 것이다.) 아내를 언급하는 것이 종류를 막론하고 정상적인 대화의 정상적인 일부가 될 거라고 생각했다. 비록 '정상 상태'는 오래전에 사라졌지만 말이다. 나는 비탄에 빠진 사람들이 그 아픔 때문에 주변 사람들을 어떻게 정리하고 재편성하는지, 어떻게 친구들을 시험하는지, 어떤 친구가 합격하고, 어떤 친구가 낙제하는지를 빨리 깨닫게 되었다. 오랜 우정은 슬픔을 함께 나눔으로써 더 깊어질 수도 있지만, 갑자기 하찮아 보이기도 한다. 젊은 사람들이 중년보다 낫고, 여자가 남자보다 더 낫다. 이런 사실에 놀라선 안 되겠지만 놀라운 건 어쩔 수 없다. 어쨌거나 우리는 나이와 성별과 결혼 여부에

서 우리 자신과 가장 가까운 사람이 가장 잘 이해해 주기를 기대하게 되기 때문이다. 이 얼마나 순진한 생각인가. 나와 얼추 나이가 비슷한 세 친구와 함께 식당에서 '저녁 식사 자리의 대화'를 나눴던 일이 기억난다. 다들 아내와는 몇 년이나 알고 지냈던 친구들이었다. 셋이 아내를 알고 지낸 기간을 다 합치면 80년 내지는 90년쯤 될 것이다. 그리고 만약에 굳이 물어봤다면, 이구동성으로 그녀를 사랑했다고 말했을 것이다. 내가 아내의 이름을 언급했을 때, 셋 중 어느 누구도 그 사실을 알은척하지 않았다. 나는 다시 언급했고, 또 했지만, 상황은 마찬가지였다. 세 번째였나, 그건 예의가 아니라 비겁한 것이라는 생각에 열이 받아서 나는 용의주도하게 도발을 감행했다. 아내의 이름을 건드리는 게 겁이 난 나머지 그들은 그녀를 세 번 부인했고, 그 때문에 나는 그들을 좋게 생각하는 마음을 잃었다.

그렇게, 분노로 인한 문제가 존재한다. 어떤 사람들은 죽은 사람에게 분노를 느낀다. 인생을 포기하면서 그들을 저버리고 배신했다고 생각하기 때문이다. 이 정도로 비이성적인 생각이 또 있을까. 기꺼이 죽는 사람은 거의 없으며, 대부분의 자살자들도 마찬가지이다. 사별의 아픔을 겪으며 신을 원망하는 사람도 간혹 있지만, 만약 신이 존재하지 않는다면 그 역시 비이성적인 생각이다. 어떤 사람은 우주를 원망하는데, 사별이 불가피하고 돌이킬 수 없다는 이유에서다. 내가 느낀 감정은 딱히 그런 건 아니었지만, 2008년 가을 내내 나는 범접하기 힘들 정도로 무심한 마음으로 신문을 읽었고 티브이 스포츠 경기를 챙겨 보았다. '뉴스'라고 해봤자 어디까지나 버스를 꽉꽉 메운 예의 나태한 승객들, 자기밖에 모르는 그들의 유아론과 무지의 상태를 실어나르는 동력원을 더 확장하고 더 모욕적으로 강화한 것에 지나지 않았다. 어떤 이유에선가 나는 오바마의 당선에 죽자고 신경을 쏟았지만, 다른 세상사에는 일절 관심을 끄다시피 했다. 금융 체제가 붕괴되어 불타오를지도 모른다는 말이 있었지만 나에겐 대수롭지 않았다. 돈이 아내를 살려낼 수 없었다면, 돈의 효용가치가 도대체 무엇이며, 또 닥친 화를 면한다는 것이 무슨 의미가 있단 말인가? 기후 문제가 더는 돌이킬 수 없는 지경으로 치닫고 있다고들 했지만, 내 관심사의 범위로는 더 이상 어찌할 수 없는 문제였다. 나는 차를 운전해 병원에서 집까지 다녔는데, 철도교가 나타나기 직전의 어느 길목에 이르렀을 때, 갑자기 머릿속에 떠오르는 말이 있었다. 나는 소리 내어 몇 번이나 되풀이해 말하곤 했다.

"이건 그냥 우주가 제 할 일을 하고 있는 것뿐이야."

바로 '이것', 이토록 거대하고 강렬한 '이것'이 '모든 것'의 이유일 뿐이었다. 그 말엔 어떤 위안도 담겨 있지 않았다. 어쩌면 그 말은 가짜 위안에 저항하는 대안이었는지도 모른다. 그러나 우주가 다만 제 할 일을 하고 있는 것뿐이라면 우주 자신에게도 똑같이 할 수 있을 터이니, 우주 따윈 될 대로 되라지. 세상이 그녀를 구할 수도 없고 구하려 하지도 않는다면, 도대체 내가 뭣 때문에 세상을 살리는 문제에 관심을 가져야 한단 말인가?

한 친구는 남편이 50대 중반이 되었을 때 급작스레 찾아온 뇌졸중으로 거의 즉시 사망했는데, 남편 때문에 화가 난 게 아니라 남편이 자신의 죽음을 알지 못했다는 사실에 분노를 느꼈다고 했다. 그는 자기가 죽을 거라는 생각을 하지 못했기 때문에 미처 준비할 시간도 없었고, 아내와 자식들에게 작별을 고하지도 못했다. 이것은 우주에게 느끼는 분노의 한 형태라고 볼 수 있다. 무심함에 대해 느끼는 분노. 그냥 흘러가다가 어느 한 순간 그냥 끝나버리는 인생의 무심함에 대한 분노이다.

그래서 그 분노의 화살은 대신 친구들을 향할 수도 있다. 친구들이 적절한 말이나 행동을 하지 못하고, 달갑지 않게 달라붙거나 냉담해 보이기 때문이다. 그리고 비탄에 잠긴 사람들은 자신에게 뭐가 필요한지, 자신이 무엇을 바라는지 아는 법이 거의 없고, 다만 그 반대의 것만 알고 있기 때문에 기분 상하는 말과 행동을 주고받게 되는 경우가 허다하다. 어떤 친구들은 비탄을 죽음 못지않게 두려워하기도 한다. 그들은 전염병을 피하듯이 당신을 기피한다. 어떤 친구들은 자기도 모르는 사이에, 당신이 그들을 위해 대신 애도해 주기를 얼마간 기대한다. 다른 친구들은 밝은 분위기로 실용적인 이야기를 꺼낸다. 아내를 땅에 묻고 돌아온 지 한 주가 지났을 때 받은 전화기 너머의 목소리가 내게 묻는다.

"그래, 어떻게 지내? 주말 도보여행 떠나나?"

나는 1~2초 정도 수화기에 대고 고함을 지른 후 전화를 끊는다. 그건 안 된다. 주말 도보여행은 내 삶이 평탄했던 시절, 아내와 함께 했던 일이다.

그러나 이상하게도 돌이켜 생각해 보면, 이 무례한 질문은 그렇게 도를 벗어난 건 아닌 듯했었다. 그 일이 있기 전 몇 년 동안, 나는 내 인생에 '불상사'가 생기면 무엇을 할 것인지를 가끔 생각해 보곤 했다. 어떤 '불상사'가 있을지 세세하게 생각해 본 건 아니었지만, 일어날 법한 경우의 수는 손에 꼽을 정도로 적었다. 나는 우선 사소한 것 한 가지와, 그보다 진지한 것 한 가지를 하기로 결심했다. 사소한 한 가지는 루퍼트 머독*에게 투항해 상당히 많은 수의 스포츠 프로그램 채널에 가입하는 것이었다. 진지한 한 가지는 나 혼자 도보로 프랑스를 횡단하는 것이었다. 무리일 것 같으면 최소한 프랑스 외곽, 특히 미디 운하를 따라 지중해에서 대서양에 이르는 경로를 여행할 생각이었다. 그리고 배낭에 노트북 컴퓨터를 넣어 다니면서 '불상사'에 대처하고자 노력하는 나의 이야기를 기록으로 남길 생각이었다. 그러나 정작 불상사가 일어났을 때, 나는 부츠를 신을 의욕조차 없었다. 그리고 비탄에 잠겨 터덜터덜 걷는 행위에 '주말 도보여행'이라는 말을 붙인다는 건 어불성설일 것이다.

다른 기분전환 거리를 제시하는 친구들도 있었고, 다른 조언을 해주는 친구들도 있었다. 사랑하는 사람과의 사별이 마치 극단적인 형태의 이혼에 불과한 듯이 반응하는 친구들도 있었다. 개를 키워보라는 조언을 들었다. 나는 아내를 대체할 획기적인 방법인 것 같지는 않다고 냉소적으로 답했다. 남편과 사별한 한 친구는 내게 '다른 부부들을 의식하지 않도록 주의하

* 글로벌 미디어 그룹의 총수로, 그가 거느린 기업에는 다수의 스포츠 채널이 있다.

라'는 충고를 주었다. 하지만 친구들 대부분이 배우자가 있었다. 어떤 친구는 내게 파리의 아파트를 임대해 반년 동안 살라고, 그게 여의치 않으면 '과달루페 해변의 통나무집'이라도 가라고 말했다. 내가 떠나 있는 동안 우리 집은 그녀와 그녀의 남편이 맡아주겠다면서. 그건 그들 부부 좋으라고 하는 일이 될 터였다. 아내가 임종하던 날, 그들은 내게 이메일을 보내 그렇게 제안했다.

"우리 프레디에게 정원도 생기고 말이야."

프레디는 그들이 키우는 개였다.

물론 입을 다문 사람들이나 조언을 하는 사람들도 그들 나름으로 비탄을 느낄 것이며, 어쩌면 나름으로 분노를 느낄 것이다. 그 분노는 어쩌면 우리, 즉 나를 향한 건지도 모른다. 그들은 이렇게 말하고 싶은지도 모르겠다.

"네가 너무 슬퍼하니 뭘 어떻게 해야 할지 모르겠어. 우린 그저 이 시간이 지나가길 바랄 뿐이야. 그건 그렇고, 자네는 아내가 없으니 별로 재미가 없는 것 같아."

(맞는 말이다. 나 역시 아내가 없으니 나 자신이 전만큼 재미있지 않다. 혼자 있어도 아내를 향해 말을 하면, 내 얘기는 들을 만하다. 정작 혼잣말을 하면, 그렇지 못하다. '아, 그만 좀 떠들라고.' 내가 나 자신에게

했던 말을 또 하고 있으면, 소리를 돋우어 이렇게 책망을 퍼붓는다.) 그래, 그들이 그리 생각했다면 나도 동의하겠다. 한 미국인 친구는 내게 대놓고 이렇게 말한 적도 있었다.

"네 아내가 너의 임종을 지켜보게 될 거라고 늘 생각했었는데."

일리 있는 말이라고 생각했다. 내가 더 오래 살 것 같지는 않아 보였기 때문이다. 그러나 친구의 말뜻은 나보다는 그녀가 살아남기를 더 바랐다는 건지도 모른다. 그리고 그 점에 대해서도 나는 왈가왈부할 수 없을 것 같다.

자신이 남들에게 어떻게 보일지를 아는 것도 쉽지 않은 일이다. 자신이 느끼는 기분과, 자신이 남들에게 주는 인상은 같을 수 있고 다를 수도 있다. 그래서 기분이 어떠냐고? 가령 몇백 미터 높이에서 떨어졌는데, 떨어지는 내내 의식이 있는 상태였고, 장미 화단에 발로 착지해 무릎까지 파묻히는 바람에 그 충격으로 내장 기관이 파열되어 몸 밖으로 다 터져 나왔다면 어떨까. 기분이 그러한데, 무슨 이유로 그러지 않은 것처럼 보여야 하는가. 사람에 따라 대화를 더 안전한 주제로 옮기고 싶어하는 건 전혀 놀라운 일이 아니다. 그런 의미에서 그들은 죽음을 피하는 것도, 아내를 피하는 것도 아닐지 모른다. 그들이 피하는 건 바로 당신 자신이다.

나는 아내를 다시 보게 되리라고 믿지 않는다. 보고, 듣고, 만지고, 안고, 이야기에 귀를 기울이고, 함께 웃을 날은 결코 오지 않을 것이다. 아내의 발소리가 들리기를 기다리거나, 아내가 문을 여는 소리를 듣고 미소를 짓거나, 그녀의 몸이 내 몸에, 내 몸이 그녀의 몸에 꼭 맞물리는 날은 다시는 돌아오지 않을 것이다. 나에겐 우리가 물질을 초월한 형태로 다시 만나리라는 믿음도 없다. 죽은 건 죽은 거라고 나는 믿는다. 어떤 사람은 사별의 비탄이 타당하긴 하나 폭력적인 종류의 자기 연민이라고 생각한다. 어떤 사람은 죽음의 눈에 자기 모습을 비춰보는 일일 뿐이라고 생각한다. 또 어떤 사람들은 딱한 건 남은 사람들이라고, 왜냐하면 남은 사람들은 비탄을 겪지만 세상을 떠난 사랑하는 사람들은 더 이상 고통을 겪지 않기 때문이라고 말한다. 이런 접근은 비탄을 최소화함으로써 그것을 극복하려는 태도다. 죽음에 대해서도 마찬가지 입장을 취한다. 내가 느끼는 비탄이 어느 정도는 나 자신을 향해 있다는 건—'내가 뭘 잃어버렸는지 봐줘. 내 인생이 어떻게 쪼그라들었는지 보라고'—사실이다. 그러나 이는 지금도 그렇지만 처음부터 줄곧, 언제나, 그녀에 관한 일이었다. 그녀가 무엇을 잃었는지

보라. 그녀는 인생을 잃어버린 것이다. 그녀의 육신, 그녀의 영혼, 그녀가 인생에 대해 품었던 빛나는 호기심을 잃어버린 것이다. 때로는 인생 그 자체가 가장 큰 상실자이며, 진정 사별을 겪은 쪽인 듯 느껴지기도 한다. 이제 인생은 더 이상 그녀의 빛나는 호기심의 대상이 되지 못하기 때문이다.

비탄을 느끼는 사람은 다른 사람들이 사실을, 진실을, 심지어는 이름을 언급하는 단순한 일조차 기피할 때 분노를 느낀다. 그렇지만 사별한 사람 자신이 진실을 말하는 경우는 얼마나 될까. 그들이야말로 한통속이 되어 회피하는 경우가 얼마나 많은가. 그도 그럴 것이 그들이 빠져든 진실의 수위는 그들의 무릎께가 아니라 그들의 심장, 목, 머리, 때로는 딱히 짚어서 말할 수 없는 곳, 아니면 짚을 수는 있어도 표현이 불가능한 곳까지 올라와 있기 때문이다. 담석 때문에 고생하다가 수술을 받은 친구가 기억난다. 그는 태어나서 그토록 고통스러웠던 적은 한 번도 없었다고 했다. 기자라서 상황 묘사엔 이골이 나 있는 친구에게 나는 그 고통을 묘사할 수 있겠느냐고 물었다. 그는 날 쳐다보았고, 그때의 기억에 눈자위가 젖어들더니 아무 말도 하지 않은 채로 가만있었다. 결국 그때의 느낌에 준하는 말은 찾아내지 못했다. 그런데 말이란 건 이보다 수위가 낮은 아주 단순한 대화에서도 무용지물이다. 사별의 고통이 극심했던 때, 한 지인이 다른 사람들이 함께한 자리에서 내게 물은 적이 있었다.

"그래, 잘 지내시나요?"

나는 고개를 설레설레 젓는 것으로 그런 얘길 나눌 만한 자리가 아님을 암시했다(우리는 시끌벅적한 점심 식사 테이블을 사이에 두고 있었다). 그는 방금 질문을 더 잘 알아듣도록 다듬기라도 하듯이 번복해 말했다.

"아뇨, 어떻게 잘 추스르고 계시느냐고요."

나는 손사랫짓으로 그를 물리쳤다. 게다가 잘 추스르기는커녕 내가 나 자신이 맞는지도 알 수 없는 느낌이었다. 그냥 적당히 대답하고 넘어갈 수도 있었다. 가령 '좋았다 안 좋았다 해요'라고 말하는 편이 적절하면서도 고지식한 영국식 대답이 되었을 것이다. 사별의 고통을 느끼는 사람들이 자신을 적절하다거나 고지식하다거나, 심지어 영국인이라고 느낄 일이 거의 없다는 점만 빼면.

스스로에게 물어보라. 이 그리움의 아수라장 속에서 나는 어느 정도까지 아내를, 혹은 나를 더욱 나답게 해줬던 그녀의 내면에 있는 것을, 혹은 단순한 동료애를, 혹은 (단순하다고는 할 수 없는) 사랑을, 이 모든 것을, 혹은 그것들이 서로 조금씩 겹치는 부분을 그리워하고 있는가?

스스로에게 물어보라. 행복했던 기억만 남은 채 어떤 행복이 가능한지를. 그리고 행복이 함께 나눌 때에만 이루어지는 것이라면, 도대체 어떤 경우에 그것이 성사될 수 있단 말인지를. 고독한 행복. 이는 형용모순이자 결코 땅을 벗어나지 못하는 허무맹랑한 비행 기계처럼 보인다.

자살의 문제는 꽤 빨리, 그러면서도 꽤 논리적으로 대두된다. 처음으로 자살을 생각했을 때 내가 내다보고 있었던 도로를, 요새도 나는 거의 매일 지나친다. 나는 X개월, 혹은 X년(최장 2년까지)까지 유예기간을 둘 것이다. 그런 후에도 아내 없이 살아갈 수 없다면, 내 인생이 다만 수동적인 연장에 지나지 않는 상태로 전락한다면 나는 행동에 옮길 것이다. 내게 맞는 방식이 무엇인지는 곧 알아냈다. 수도꼭지 옆에 와인을 한 잔 놓고 뜨거운 물에 몸을 담근 후, 날이 예리한 것으로 정평이 난 일본제 고깃칼을 쓰는 것이다. 그 방법을 꽤 자주 생각했고 지금도 그렇다. 사람들 말이 (비탄과 비탄을 안은 사람들을 두고 '사람들 말이'라는 말은 참 많이 등장하지 않나) 자살에 대해 생각을 하면 그만큼 자살할 위험이 줄어든다고 한다. 정말 그런지 나는 모르겠다. 그런 생각을 하면서 오히려 치밀하게 계획을 세우는 사람도 분명히 있다. 그런 의미에서, 짐작건대 자살을 생각한다는 것은 양날의 칼과도 같다.

8년간 동고동락했던 파트너가 에이즈로 죽은 한 친구가 내게 두 가지를 말해주었다. '문제는 다만, 밤 시간을 견디는 것뿐'이라는 것과 '단 하나 좋은 점이 있다면 하고 싶은 대로 할 수 있다'는 것이었다. 첫 번째라면 내겐 문제가 아니었다. 증세에 맞는 약을 정량 복용하면 되니까. 문제는 밤이 아니라 낮을 견디는 것이었다. 내가 하고 싶은 대로 하는 것에 대해 이야기하자면, 이는 주로 아내와 함께하는 것을 의미했다. 나 혼자서 하길 좋아했던 것에 대해 말하자면, 나중에 아내에게 그것에 관한 이야기를 해주는 즐거움이 얼마간 포함되어 있었다. 그런 것 말고 이제 내가 하고 싶은 게 무엇일까? 나는 미디 운하를 처음부터 끝까지 걷고 싶은 게 아니었다. 나는 정확하게는 그와 정반대의 것을 매우 강렬하게 바랐다. 바로 집에 있는 것이었다. 아내가 꾸미고, 내 상상 속에서는 아내가 여전히 돌아다니고 있는 공간에 말이다. 구매 가능한 주요 스포츠 채널의 경기란 경기는 빼놓지 않고 전부 다 찾아 보는 것에 대해 말하자면, 나는 내 욕구가 참으로 유별나다는 사실을 깨달았다. 처음 몇 달 동안, 나는 감정적으로 손톱 끝만큼도 동요될 일이 없는 스포츠 게임을 보고 싶었다. 내가—열의 없이 본 것에 비하면 지나치게 과도한 표현이지만—즐겨본 건, 말하자면 미들스버러와 슬로번 브라티슬라바 간의 축구 경기였다. (참으로 적절하게도 나는 두 팀 간의 첫 경기는 놓치고 무승부로 인한 두 번째 경기를 보았는데) 유럽 토너먼트에선 수준 낮은 팀이라 주로 미들스버러와 브라티슬라바 사람들만 흥분해서 보는 경기였다. 나는 보통은 무관심하게 볼 수 있는 경기를 보고 싶었다. 그때의 나로선 무관심해지는 것 말곤 할 수 있는 것이 없었기 때문이다. 달리 부여할 감정 같은 건 남아 있지 않았다.

나는 단순하게, 그리고 철저하게 그녀의 죽음을 애도했다. 그랬던 건 내게 행운이자 악운이었다. 일찍이 내 머릿속에 떠오른 말들이 있었다. '내가 무엇을 하건, 무엇을 하지 않건 모든 면에서 아내가 그립다.' 이 말은 내가 어디에 있고, 내가 누구인가를 확인하기 위해 나 스스로에게 반복했던 말 중 하나였다. 차를 몰아 집으로 가면서 나는 '지금 난 그녀와 함께 돌아가는 것도 아니고, 그녀에게 돌아가고 있는 것도 아니야!'라고 소리 내어 말하는 것으로 혼자만의 귀가에 대비했다. 뭔가 잘못되거나, 고장 나거나, 제자리에 두지 않아 찾지 못했을 때, '상실의 규모로 보면 이건 아무것도 아니야'라는 말로 나는 나 자신을 안심시켰다. 사별의 아픔에 대해 그 정도로 유아론적으로 임했던 탓에, 한 여성 친구가 비탄에 빠진 내가 부러웠다고 말하기 전까지 나는 점진적인 변화와 차이에 대해선 거의 생각도 하지 못했다. 대체 무슨 이유로 내가 부러우냐고 묻자 그 친구는 'X(그녀의 남편)가 죽으면 자기는 그보다 더 복잡한 심경일 것 같다'고 대답했다. 그녀는 그 이상으로 설명하진 않았다. 그럴 필요도 느끼지 못하는 듯했다. 그래서 나는 '내가 태평하게 받아들이는 면이 있나 보다'라고 생각했다.

처음으로 하루나 이틀 이상을 아내와 떨어져 지내게 되었을 때—글을 쓰기 위해 시골에 간 적이 있었다—예측 가능한 모든 것들의 맨 위에서 (혹은 맨 밑에서) 내가 깨달은 건, 내가 도덕적으로도 그녀를 그리워한다는 사실이었다. 그 깨달음이 놀라웠는데, 놀라선 안 되었던 건지도 모른다. 사랑은 우리가 생각하거나 바라는 곳으로 우리를 이끌지 못할 수도 있지만, 그럼에도 그 결과와 상관없이 사랑은 진정함과 진실을 요청하는 행위여야 한다. 그러지 못할 때—그 결과에 있어서 도덕적이지 않을 때—그때의 사랑은 다만 극대화된 형태의 쾌락에 지나지 않는다. 그에 반해 사랑의 반대라 할 수 있는 사별의 아픔은 도덕의 영역을 점유하는 것 같지는 않다. 만약 우리가 살아남고자 한다면, 그것은 우리에게 방어적이고 움츠러든 자세를 강요하며 우리를 더욱 이기적으로 만든다. 그곳은 상층의 공기로 채워진 곳이 아니다. 그곳엔 볼 만한 경치도 없다. 그곳에서 우리 자신이 살아 있음을 두 귀로 들어서 확인할 길은 더 이상 없다.

예전에 신문의 부고를 읽을 때면 나는 쓸데없이 죽은 사람의 나이에 견주어 내 나이를 계산하고는 '몇 해 남았네, (혹은 벌써 몇 해 지났네)'라고 생각하곤 했다. 요새는 부고를 읽으면 고인의 결혼 생활이 몇 년이나 되는지 계산해 보게 된다. 나보다 더 오래 결혼 생활을 한 사람들이 부럽다. 그들이 나보다 더 오래 함께한 한 해 한 해를 이가 갈릴 정도의 권태나 예속 속에 살았을지도 모른다는 생각이 마음을 스치는 일은 거의 없다. 그런 종류의 결혼 생활에는 관심이 없다. 나는 그들에게 오로지 행복한 세월만 부여하고 싶다. 하지만 나는 또, 그들이 배우자와 사별한 후 얼마나 살았는지도 계산해 본다. 티브이 리모컨의 발명가로 1915년에 태어나 2012년에 사망한 유진 폴리의 사례를 들 수 있다. 그의 부고 기사의 마지막 문장은 이렇다. '아내 블랑슈는 폴리와 34년간 부부로 동고동락했으며, 1976년에 사망했다.' 그러면 이런 생각이 든다. '나보다 결혼 생활이 더 길었네. 그러고도 36년 동안 아내 없이 살았고. 강산이 세 번 하고도 반이 바뀌는 내내 고통을 당했다고?'

두 번 만나본 게 전부인 어떤 사람이 나에게 쓴 편지에서 몇 달 전에 '아내를 암으로 빼앗겼다'(신경을 거스르는 표현이 하나 더 나왔다. '집시 떼한테 우리 개를 빼앗겼어요' 라든가 '그는 순회 외판원에게 아내를 빼앗겼다'는 말과 비교해 보라)고 말했다. 그는 사람은 비탄을 이겨내게 돼 있을 뿐 아니라 더 강한 인간이 되며, 어떤 면에서는 '더 나은 사람'이 된다는 말로 나를 안심시키려 했다. 나에게 그 말은 언어도단에 자화자찬(더불어 지나치게 섣부른 속단)으로 보였다. 아내가 없어진 지금, 내가 무슨 수로 아내와 함께할 때보다 더 나은 인간이 될 수 있단 말인가? 나중에 나는 그가 다만 니체가 '우리를 죽이지 못한 것은 우리를 더 강하게 만든다'고 한 말을 흉내 낸 것뿐이라고 생각하게 되었다. 나로선 특히나 허울만 번지르르하다고 생각한 지 꽤 오래된 경구였다. 우리를 죽이지는 못해도 영영 허약하게 만드는 것들은 무수히 많다. 고문 피해자를 돕는 사람들을 찾아가 물어보라. 성폭력 피해자 상담 전문가와 가정폭력 담당자에게 물어보라. 주변을, 다른 것도 아닌 보통의 일상생활에서 정서적인 상해를 입은 사람들을 둘러보라.

비탄은 시간을 바꾼다. 시간의 길이를, 시간의 결을, 시간의 기능을 바꿔놓는다. 오늘 하루가 내일과 전혀 다르지 않게 돼버린 마당에, 굳이 각각의 날들에 별도의 이름을 붙여야 할 이유가 있을까? 공간 또한 바뀌게 된다. 우리는 새로운 지도 제작법에 의거해 측량된 새로운 지형에 들어서게 된다. '상실의 사막' '(무풍지대인) 무심의 호수' '(말라서) 황무지가 된 강' '자기 연민의 습지' '기억의 (지하) 동굴' 등을 표시한 17세기 지도와 흡사한 그 지도에서 당신은 당신의 위치를 확인하게 될 것이다.

이렇게 새로 발견한 영토엔 오로지 느낌과 고통만 있을 뿐, 다른 어떤 위계질서도 존재하지 않는다. '누가 더 높은 곳에서 떨어졌나? 땅에 내팽개쳐지면서 내장 기관이 더 많이 파열된 쪽은 누구인가?'와 같은. 문제가 결코 이렇게 단순치가 않다는—즉 단순한 슬픔이 아니라는—점만 빼면 그렇다. 사별의 슬픔엔 괴기한 구석도 있다. 사별한 사람은 자신의 존재가 합리적이거나 타당하다는 감각을 상실하게 된다. 자신이 부조리하게 느껴진다. 나다르가 카타콤에서 찍은 사진처럼, 유골이 가득 쌓인 가운데 옷을 입혀 세워놓은 마네킹처럼, 아니면,

소파 쿠션을 집어삼키는 바람에 총을 맞고 죽은 예의 보아뱀처럼.

나는 내 열쇠고리를 들여다본다. (전엔 아내의 것이었다.) 고리엔 두 개의 열쇠만 달려 있다. 하나는 집의 현관문 열쇠이고 다른 하나는 묘지의 뒷문 열쇠다. 이게 내 인생이야, 나는 생각한다. 나는 기이한 지속성을 느낀다. 아내가 살아 있을 때, 그녀의 피부가 쉽게 건조해져서 등에 오일을 발라주곤 했다. 이제 나는 그녀의 묘비로 쓰이는 말라가는 참나무에 기름을 발라준다. 그러나 상황의 패턴을 판단하는 감각은 이제 사라져버린 게 아닐까 싶다. 프레드 버나비는 어린 시절, 70센티미터 높이의 체육관 운동기구에서 뛰어내리다가 다리가 부러졌다. 사라 베르나르는 만년의 나이에 「라 토스카」 연극무대에 서서 산탄젤로 성의 전투 장면 중에 뛰어내렸지만, 무대 담당자들이 그녀가 떨어질 지점에 매트리스를 쌓아놓는 걸 잊어버리는 바람에 다리가 부러졌다. 그 점에 대해서라면, 나다르 역시 '거인'이 추락했을 때 다리가 부러졌다. 그리고 내 아내는 우리 집 현관 계단에서 다리가 부러졌다. 이런 것들이 하나의 패턴이 아닐까 하는 생각이 들기도 한다. 그 전 같았으면 묘하긴 해도 사소한 우연의 일치, 단순한 높이의 문제, 각자 인생을 살면서 어느 정도까지 추락하는가의 문제에 지나지 않았을 텐데도 말이다. 비탄은 어쩌면 모든 패턴을 파괴하는 것을 넘어 훨씬 더 많은 것, 즉 패턴이 존재한다는 믿음마저도 파괴하는지 모른다. 그러나 그런 믿음 없이 우리는 살아갈 수 없다고 나는 생각한다. 그러므로 우리는 각자 패턴을 찾거나 재정립하는 척이라도 하지 않으면 안 된다. 작가들은 그들의 언어가 만들어내는 패턴들을 믿으며, 그것이 쌓여 생각으로, 이야기로, 진실로 이어지길 바라고 또 그것에 의지한다. 사별의 고통과 무관한 사람이든, 아니면 거기서 헤어나지 못하는 사람이든 상관없이 그들을 구원해 주는 것이 바로 이것이다.

처음엔 니체였고, 그다음엔 나다르가 선언했다. 신은 죽었고, 더 이상 우리를 굽어보던 자리에 있지 않다고. 그래서 우리가 우리 자신을 보아야만 한다. 그리고 나다르는 그렇게 할 수 있도록 우리에게 거리와 높이를 주었다. 그는 우리에게 신의 거리를, 신의 시점을 주었다. 그리고 그것이 (잠시) 끝나는 지점에서 지구돋이와 달의 궤도에서 촬영한 사진들이 뒤를 이었다. 거기서 본 우리의 행성은 (천문학자가 아닌 사람의 눈에는) 다른 행성과 거의 다를 바 없어 보인다. 그것은 고요하고, 빙글빙글 돌고, 아름답고, 죽어 있고, 모든 것과 동떨어져 있다. 아마도 신 또한 그런 식으로 우리를 보았을 테고, 그런 이유로 그는 그 자리에 불참한 것이리라. 물론, 나는 불참한 신이라는 건 믿지 않지만, 그런 이야기여야 근사한 패턴이 된다.

우리가 신을 죽였을 때—혹은 추방했을 때—우리는 우리 자신까지 죽였다. 그때 그 사실을 우리는 제대로 알아챘던가? 신이 없으면 사후 세계도, 우리 자신도 없다는 것을 말이다. 우리가 신을, 우리의 오랜 가상의 친구를 죽인 건 물론 잘한 일이었다. 그리고 우리가 사후 세계를 누리게 될 일은 어찌되었건 없었을 것이다. 그러나 우리는 그때까지 우리가 앉아 있던 나뭇가지를 톱으로 잘라내 버린 것이다. 그리고 그 나뭇가지에 앉아서, 그 높이에서 바라본 광경은—설령 그것이 환몽에 불과하다 해도—그리 나쁘지 않았다.

우리는 신의 위치를 잃었고, 나다르의 위치를 얻었다. 그러나 우리는 또한 깊이를 잃었다. 아주 먼 옛날의 어느 한때, 우리는 지하 세계로, 죽은 자들이 여전히 살아 있는 곳으로 내려갈 수 있었다. 이제 그런 은유를 잃어버린 우리는 다만 글자 그대로 구덩이를 파고, 광석을 찾아 구멍을 뚫는 등의 의미로만 아래로 내려갈 수 있을 뿐이다. 저승 대신 지하철이 생긴 것이다. 우리 중 누군가는 그 모든 것이 끝나는 때에 땅 아래로 내려갈 것이다. 그리 깊이는 아니고 다만 6피트 아래로.* 하지만 우리가 거기 서서 관 뚜껑 위로 꽃을 던질 때, 관 위의 황동 명찰이 화답하듯 우리를 향해 빛을 반짝일 때, 그 깊이감은 사라진다. 그때, 6피트라는 거리는 까마득하니 먼 아래에 있는 것처럼 보이고 느껴질 것이다.

어떤 사람들은 6피트의 깊이를 외면하고 얼마간의 높이를 다시 얻고 싶다는 듯이 자신의 유골을 로켓에 실어 하늘로 보내기도 했다. 그렇게, 할 수 있는 한 하늘 가까이 다가가고자 했다. 사라 베르나르와 그녀의 친구들은 깜짝 놀란 얼굴을 위로 쳐든 지상의 존재들—영국인 관광객들, 프랑스의 결혼식 하객들—위로 신이 나서 밸러스트를 떨어뜨렸다. 하늘에 느닷없이 뜬 로켓을 올려다보던 사람들 중 누군가는 얼마 전에 화장터에서 얼굴을 뒤덮을 만큼의 분량인 인간 유골을 받아든 적이 있을지도 모른다. 미래에 부자와 명사들이 자신들의 유골을 지구 궤도로, 심지어는 달 궤도까지 보내게 되리라는 것은 의심할 여지가 없다.

* 무덤을 완곡하게 표현한 말. 시신을 땅에 묻을 때, 지표면과의 거리가 6피트(1.8미터)라는 사실에서 유래했다.

비탄과 대비되는 애도의 문제가 있다. 비탄은 하나의 상태인 반면, 애도는 하나의 과정이라는 점에서 둘을 차별화할 수도 있겠다. 그러나 둘 사이엔 불가피하게 겹치는 면이 있다. 상태라는 것은 갈수록 줄어드는 것일까? 과정이란 것은 갈수록 나아지는 것일까? 그걸 어떻게 알 수 있을까? 이런 문제는 아마 은유적으로 생각하는 게 더 쉬울지도 모른다. 비탄은 수직적이고 또 빙글빙글 도는 반면, 애도는 수평적이다. 비탄은 배 속을 뒤집어놓고, 숨을 쉬지 못하게 하고, 뇌의 혈액 공급을 차단한다. 애도는 새로운 방향으로 당신을 몰고 간다. 그러나 이제 구름에 에워싸여 있기 때문에 당신은 꼼짝 못 하고 갇혀 있는 건지, 아니면 남몰래 움직이고 있는 건지를 분간할 방법이 없다. 당신에겐 45.72미터짜리 실크 끈이 달린 작은 종이 낙하산처럼 작고 쓸모 있는 발명품 같은 것도 없다. 당신이 아는 것은 당신이 주변에 영향을 미칠 힘이 그리 크지 않다는 것뿐이다. 당신은 기구에 처음으로 오른 조종사다. 당신은 2, 3킬로그램의 밸러스트 몇 개, 그리고 전에 한 번도 본 적이 없는 밸브라인이라는 것을 손에 쥔 채, 가스 주머니 아래 혼자 서 있다.

처음에, 당신은 아내와 예전에 같이 했던 것을 계속해 나간다. 친밀함 때문에, 사랑 때문에, 그리고 패턴이 필요해서. 얼마 지나지 않아 당신은 자신이 걸려든 덫을 깨닫게 된다. 정작 그녀가 없는데도 아내와 함께 했던 것들을 되풀이하는 것과, 그녀를 그리워하는 것 사이를 오가는 것이다. 혹은 새로 해보는 일, 아내와는 한 번도 같이 해본 적이 없는 일인데도 그렇기 때문에 전과 다르게 그녀를 그리워하게 된다. 당신은 그녀와 공유하던 어휘, 어법, 말장난, 둘 사이에만 통하는 언어의 지름길, 둘 사이에서만 통했던 농담, 유치함, 장난 섞인 핀잔, 야한 첨언들을, 풍부한 기억들이 담겨 있지만 남에게 설명하면 아무 쓸모도 없는 이 모든 모호한 참고 자료들을 잃었음을 가슴 아리게 느낀다.

모든 부부, 심지어 매우 보헤미안적인 스타일의 부부들도 함께 살면서 패턴을 쌓아 올린다. 그리고 이 패턴들은 1년을 주기로 돌아간다. 이제 비탄의 제1년은 익숙했던 생활에 대한 부정적인 이미지를 쌓아가는 한 해이다. 대소사에 깔리다시피 했던 것과는 반대로 어떤 행사도 없는 상태가 된다. 크리스마스, 당신의 생일, 아내의 생일, 첫 만남의 기념일, 결혼기념일이 그렇다. 그리고 그런 날들 위로 새로운 기념일들이 뒤덮인다. 공포가 시작된 날, 아내가 처음으로 쓰러진 날, 아내가 병원에 간 날, 아내가 퇴원한 날, 아내가 죽은 날, 아내를 묻은 날.

당신은 제2년은 제1년만큼 참혹하진 않을 거라고 생각하며,

각오를 다진 자신의 모습을 상상한다. 당신은 견뎌내도록 요구당한 갖가지 고통을 모두 겪었고, 이 이후로는 그저 반복만 있을 뿐이라고 생각한다. 그러나 반복될 때 고통이 덜하다는 근거는 무엇인가? 첫 번째 반복을 경험하면서 당신은 향후 몇 년간 찾아올 그 모든 반복에 대해 깊이 생각해 보게 된다. 비탄은 사랑의 부정적인 면이다. 사랑이 해가 지날수록 쌓일 수 있는 것이라면, 사별의 고통 역시 마찬가지 아닐까?

그리고 당신이 거의 속수무책에 무방비 상태가 될 수밖에 없는 새로운 고통, 1회분의 고통이 여전히 존재한다. 예를 들어, 일곱 살 난 조카딸과 테이블에 둘러앉아 있는데, 그 아이가 같이 노는 사람을 즐겁게 해주려고 새로 배운 '외톨이 게임Odd Man Out*'을 해보는 상황처럼. '누구누구는 외톨이. 이 여자는 눈이 파란색이니까 퇴장. 갈색 재킷, 금붕어 주인도 퇴장' 하고 이어지는 게임의 와중에 뜬금없이 애 같은 논리가 들어선다.

'줄리언 외톨이 퇴장. 부인이 죽었으니까.'

좀 지난 일이긴 한데, 나는 그 순간을 기억한다. 아니, 그보다는 그 논제가 갑자기 들이닥쳤다고 해야겠는데, 그것은 내

* 동전을 던져서 한 명을 선택해 놀이에서 제외시키는 게임.

가 자살을 할 가능성이 희박하다는 것이었다. 아내가 어떤 식으로든 살아 있는 한, 그녀는 내 기억 속에 살아 있다는 것을 나는 깨달았다. 물론 아내는 다른 사람들의 마음속에도 생생히 살아 있다. 그러나 나는 아내를 기억하는 가장 주된 사람이다. 만약 그녀가 어디엔가 존재한다면, 그녀는 내 안에 내면화되어 존재한다. 지극히 정상적인 일이었다. 마찬가지로 내가 자살을 할 수 없는 이유 또한 그러했고 반박의 여지가 없었다. 내가 자살하면 나 자신만이 아니라 아내까지 죽이는 일이 되기 때문이었다. 욕조의 물이 붉게 변하면서 그녀에 대한 나의 빛나는 기억들이 희미해져 갈 때, 그녀는 두 번째로 죽게 될 것이다. 그런 이유로, 결국 (혹은 한동안만이라도) 그냥 결정을 내렸다. 그러면서 더 광범위하지만 이와 밀접한 질문이 떠오른다. 나는 어떻게 살아가야 할까? 아내가 살아 있다면 그러길 바랐을 모습대로 살아야만 한다.

몇 달이 지나서 나는 용기를 내어 공공장소에 모습을 드러내기 시작했고, 연극과 콘서트와 오페라를 보러 외출하기 시작했다. 그러나 내가 깨달은 건 그새 휴게실에 대한 공포가 생겼다는 사실이었다. 휴게실이라는 공간 자체가 무서운 것이 아니라 그 안이 문제였다. 즐거운 시간이 되기를 고대하는 쾌활하고 기대에 찬 정상인들. 나는 그곳의 소음과 평온한 정상성을 견딜 수가 없었다. 내 아내가 죽어가고 있다는 사실엔 무관심한 채 버스마다 그득해 있던 사람들이 더 늘어난 것 같았다. 친구들은 별 수 없이 극장 밖까지 나를 데리러 나와서 마치 어린애를 챙기듯 나를 좌석까지 안내해 주었다. 일단 자리에 앉으면 안심이 되었다. 그리고 조명이 꺼지면, 더 안심이 되었다.

내가 처음으로 끌려간 연극은 「오이디푸스」였다. 첫 번째 오페라는 슈트라우스의 「엘렉트라」였다. 그러나 자리에 앉아 신의 뜻을 위반한 인간에게 신들이 견뎌낼 수 없는 형벌을 내리는 가혹하기 그지없는 내용의 비극을 보는 내내, 나는 공포와 연민이 지배했던 아득한 고대의 문화에 감정이입이 되지 않았다. 대신, 오이디푸스와 엘렉트라가 나를 향해서, 나의 땅, 지금 내가 거주하고 있는 새로운 지형의 땅으로 다가오는 것을 느꼈다. 그리고 정말 뜻밖에도, 나는 오페라를 사랑하게 되었다. 그 전까지만 해도 오페라는 내가 거의 이해할 수 없는 예술 형태의 하나로 여겨졌다. (보기 전에 줄거리 요약을 꼼꼼히 읽었음에도) 이야기가 진행되는 것을 따라잡을 수 없었고, 그 장르를 독식한 듯 보이는 야회복 차림의 행락객에 대한 편견도 극복할 수 없었다. 그러나 제일 큰 문제는 오페라를 감상하는 데 필요한 상상력의 도약이 불가능했다는 점이었다. 등장인물들이 서로의 얼굴에 대고 동시에 고함을 질러대는 가운데, 개연성은 심각하게 떨어지고 구조도 형편없는 희곡이라고 느꼈다. 슈퍼타이틀*이 도입되자, 내가—오페라를 이해하는 데 있어서—느낀 최초의 문제점은 그대로 굳어지고 말았다. 그런데 지금, 방청석의 어둠, 그리고 비탄의 어둠에 잠겨 있는 가운데 받아들이기 힘들었던 점들이 갑자기 녹아내렸다. 이제는 사람들이 무대에 서서 서로에게 노래를 불러주는 것이 매우 자연스럽게 느껴졌다. 노래란 구어口語보다 원시에 더 가까운 소통수단이기 때문이었다. 노래는 말보다 높고 또 깊었다. 베르디의 「돈 카를로스」에서 남자 주인공은 퐁텐블로 숲에서 사랑하는 프랑스 공주를 만나기 무섭게 무릎을 꿇고 이렇게 노래한다.

"나의 이름은 카를로스입니다. 당신을 사랑합니다."

그때 나는 생각했다. '그래, 바로 이거야. 이런 게 사는 것이지. 이래야만 사는 거라고 할 수 있지. 생의 본질에 집중하는 거라고.' 물론 오페라엔 정해진 줄거리가 있지만—그래서 내

* 오페라에서 원문을 번역해 무대 위쪽의 영사막에 비추는 것.

앞에 펼쳐지게 될 모든 이야기를 이미 예상하고 있지만—오페라의 주요 기능은 인물들이 자신의 가장 깊은 감정을 노래로 표현할 대목으로 가능한 한 신속하게 데려가는 것이다. 오페라는 곧바로 본론에 진입한다. 죽음이 그러하듯이. 그래서 바야흐로, 미들스버러와 슬로번 브라티슬라바 간의 경기를 지켜보는 자족할 만큼의 무관심과 함께, 격렬하고 압도적이고 신경증적이며 파괴적인 감정이 기준인 예술, 다른 어떤 예술보다도 명백하게 관객의 마음을 찢어놓는 것이 목표인 예술에 대한 열망이 공존하게 되었다. 이것이 나의 새로운 사교적 현실주의였다.

나는 뉴욕으로부터 위성 생방송으로 상영하는 글루크의 오페라 「오르페우스와 에우리디케」를 보러 런던의 극장에 갔다. 가기 전에 숙제 삼아 가사지를 들고 수록곡을 처음부터 끝까지 들었다. 그러면서 이번엔 안 될 것 같다는 생각이 들었다. 한 남자의 아내가 죽는다. 남자의 비탄이 신들의 마음을 움직이고, 신들은 그에게 저승으로 내려가 아내를 찾아 다시 지상으로 돌아오도록 허락한다. 그러나 조건이 하나 붙는다. 그들이 지상으로 올라오기 전까지 그는 절대로 그녀의 얼굴을 들여다보아선 안 된다. 이를 어길 경우, 그는 그녀를 영영 잃게 될 것이다. 그 후 그가 앞서서 그녀를 저승에서 데리고 나올 때, 그녀는 그를 설득해 뒤를 돌아 자신을 보게 한다. 그 자리에서 그녀는 죽고, 그녀를 향한 그의 비탄이 다시 시작되니, 전보다 더 애끓는 듯하다. 그는 자신의 검을 끌어당겨 자살한다. 이에 사랑의 신이 아내를 향한 그의 극진한 마음에 노여움을 풀고 에우리디케를 다시 소생시킨다. 아, 집어치우시지, 진짜. 문제는 신들의 현존이나 그들의 행위가 아니었다. 그걸 믿는 건 그렇게 어렵지 않았다. 문제는 제정신 가진 남자라면 그 누구도, 어떤 결과가 올지 알면서도 뒤돌아 에우리디케를 보진 않았을 거란 사실이었다. 그걸로도 모자랐는지 원래 카스트라토나 카운터테너가 했던 오르페우스의 역할을 요새는 남장 여자 가수가 연기하는 경향이 있는데, 이번 공연엔 덩치 큰 콘트랄토가 맡기로 돼 있었다. 그렇지만 나는 그때까지도 「오르페우스」를 과소평가했다. 사별의 고뇌에 시달리는 사람을 목표로 삼는 참으로 순진하기 짝이 없는 그 오페라를 말이다. 그리고 그 극장에서 예술의 기적적인 사기극이 다시금 펼쳐질 것이었다. 물론 오르페우스는 간청하는 에우리디케의 얼굴을 돌아볼 것이다. 어찌 돌아보지 않을 수 있단 말인가. 왜냐하면 '제정신 가진 어떤 인간도' 그럴 리가 없겠지만, 정작 오르페우스 자신은 사랑과 비탄과 희망 때문에 정신이 나간 상태이니 말이다. 한번 흘긋 보기만 해도 세상을 잃는다고? 물론이다. 세상이란 그렇게, 바로 그와 같은 환경하에 잃어버리라고 존재하는 것이다. 등 뒤에서 에우리디케의 목소리가 들려오는데 어느 누가 서약을 지킬 수 있단 말인가.

오르페우스가 저승으로 내려갈 때 신들은 여러 약정과 조건을 강요했다. 그는 그 거래에 동의할 수밖에 없었다. 죽음은 가끔 우리의 내면에서 흥정꾼을 이끌어낸다. 우리는 이를 책에서 읽고, 영화에서 보고, 인생에 관한 일반적인 서술에서 수도 없이 접하지 않았던가. 신에게—아니면 저 높은 곳에 있을 법한 누군가에게—약속하기를 자신을, 혹은 그가 사랑하는 사람을, 혹은 둘 모두의 생명을 구해주기만 한다면 이러저러하게 행하겠노라는 인물들을. 내 차례—공포로 가득한 37일 동안—가 되었을 때, 나는 그런 거래에 결코 혹하지 않았다. 왜냐하면 나의 우주엔 그때나 지금이나 흥정을 할 만한 존재가 단 하나도 없었기 때문이다.* 아내의 생명 대신 나의 책을 전부 내놓을까? 아내의 생명 대신 내 생명을 내놓을까? 예스, 라고 대답하는 건 쉽다. 그런 질문은 수사적이고 가설적이며 오

* 작가 줄리언 반스는 무신론자로 유명하다.

폐라적이기 때문이다. '왜요?'라고 아이가 묻는다. '왜요?' 그러면 고지식한 부모는 '왜냐하면'이라고 답하는 게 전부다. 그래서 예의 철도교를 향해 차를 몰고 갈 때면, 나는 악착같이 되풀이했다.

"이건 그저 우주가 제 할 일을 하는 것뿐이야."

헛된 희망과 무의미한 방향 전환으로 길을 잃는 일이 없도록 나는 그렇게 말했다.

내가 아는 몇 안 되는 기독교도 중 한 사람에게 아내가 중병을 앓고 있다고 말한 적이 있다. 그는 내 아내를 위해 기도하겠다고 했다. 나는 마다하지는 않았지만 충격적이게도 곧바로, 얼마간은 씁쓸한 태도로 그의 하느님이 크게 소용이 된 적은 없었던 것 같다고 일러주고 말았다. 그는 대답했다.

"아내 분이 훨씬 더 고통스러워했을지도 모른다는 생각은 안 해보셨나요?"

나는 생각했다. 아, 그 정도가 당신의 핏기 없는 갈릴리 남자와 그의 아빠가 할 수 있는 최선이라는 거군?

한편 내가 아래를 지나다니던 그 다리는 흔한 다리 이상의 의미를 지니게 되었다. 이 다리는 유로스타를 세인트 팬크라스에 새로 생긴 런던 종착역으로 연결하기 위해 세운 것이었다. 워털루에서 이쪽으로 역을 옮기자 이용하기가 더 편해졌고, 나는 아내와 함께 그 다리를 지나 파리로, 브뤼셀로, 그 너머로 가는 걸 자주 상상했다. 어쩐 일인지 우리는 단 한 번도 그러지 못했고, 이제는 영영 그럴 수 없게 되었다. 그런 이유로 이 죄 없는 다리가 우리의 잃어버린 미래의 일부를, 이제 우리가 결코 공유할 수 없을 인생의 모든 한창때와 단편들, 일탈들을 의미하게 된 것이다. 게다가 또한 과거에 이루지 못한 것들, 지키지 못한 약속들, 배려 없는 태도와 불친절, 소진되어 간 시간을 의미하게 되었다. 나는 그 다리가 싫어졌고 두려워하게 되었다. 그러나 결코 내 경로를 바꾸진 않았다.

1년쯤 뒤였나, 나는 다시 「오르페우스」를 보았다. 이번에는 라이브 공연이었고 현대 의상을 입은 버전이었다. 이번 공연은 파격적으로 에우리디케의 죽음을 무대에 올리면서 시작했다. 칵테일파티가 열리고, 다들 흥겨운 시간을 보내고 있다. 관객들은 빨간 파티 드레스를 입은 여자가 관심의 초점임을 미루어 짐작한다. 갑자기, 그녀가 바닥에 쓰러진다. 손님들이 그녀를 둘러싸고 오르페우스는 무릎을 꿇은 채 그녀를 돌보려 하지만, 그녀는 무대바닥의 장치 문을 통해 숙명적으로, 서서

히 가라앉으며 하강하고 있다. 그는 그녀를 움켜잡고 다시 위로 끌어올리려 하지만, 그녀는 그의 손가락으로부터, 자신의 드레스로부터 미끄러져 사라져 버린다. 그래서 그는 주인을 잃은 옷자락만 움켜쥔 채 무대 위에 남겨진다.

배우들이 현대 의상을 입고 있음에도 오페라의 마력적인 속임수는 여전히 통한다. 그럼에도, 현대 의상을 입은 우리들은 오르페우스나 에우리디케가 될 수 없다. 우리는 옛 은유를 상실했고, 새로운 것을 찾아야만 한다. 우리는 오르페우스가 그랬듯 아래로 내려갈 수가 없다. 그렇기 때문에 우리는 다른 방법으로 아래로 내려가야만 하고, 다른 방법으로 그녀를 다시 데려와야만 한다. 꿈속에서는 아직까지 우리도 아래로 내려갈 수 있다. 그리고 기억 속에서도 우리는 아래로 내려갈 수 있다.

처음에는 꿈이, 개연성은 떨어질지언정(그런데 대체 이 모든 상황의 개연성은 다 어디로 사라진 걸까?) 기억보다 더 든든하고 안전하다. 꿈속으로 찾아오는 아내는 사뭇 그녀다운 모습과 행동을 보여준다. 나는 언제나 그 여자가 아내임을 안다. 그녀는 조용하고 명랑하고 행복하고 섹시하며, 그 덕에 나 역시 그녀처럼 된다. 그 꿈은 빠르게, 규칙적으로 패턴을 형성하기 시작한다. 우리가 함께 있고 그녀는 분명히 건강하기에, 아니, 그보다는 이게 꿈이라는 사실을 내가 알기에, 나는 그녀가 오진을 받은 것이거나 기적적으로 건강을 회복했거나, (만에 하나라도) 어쩐 일인지는 모르나 죽음이 몇 년 연기되어 우리가 계속 함께할 수 있게 된 거라고 생각한다. 이런 환상은 잠시 동안 계속된다. 그러나 곧 나는 생각하기에, 아니, 그보다는 이게 꿈이라는 사실을 알기에, 내가 꿈속에 계속 머물러야만 한다고 믿는다. 실상 아내는 죽었으니 말이다. 그런 환상을 꿈꿨다는 데 행복해하면서 잠에서 깨어나지만, 진실이 그 환상을 깨어버렸다는 것에 낙담한다. 그래서 나는 다시는 그 꿈속으로 들어가지 않으려 한다.

어떤 밤이면, 불을 끄고 나서 아내가 최근 내 꿈에 나타나지 않았다는 점을 떠올릴 때가 있다. 그러면 가끔 아내가 나에게 와주는 것으로 응답한다. (혹은, '아내'가 꿈에 나타나는 것으로 '응답한다'고 해야 할까. 그 순간엔 이 모든 게 그저 내가 만들어 낸 것임을 나는 전혀 알지 못하기 때문에.) 때로 이런 꿈 가운데 우리는 키스를 하는데, 이런 시나리오에는 늘 실소를 자아내는 가벼움이 깃들어 있다. 아내가 나를 나무라거나, 핀잔을 주거나, 죄책감을 느끼게 하거나 무시당한다고 느끼게 하는 일은 절대 없다. (이런 꿈들이 나 스스로 생성해 낸 것이라는 사실을 알고 있기는 하지만, 그래도 이런 꿈들이 또한 자기중심적이며, 심지어는 자기만족적이라는 사실을 결코 간과해서는 안 된다.) 어쩌면 이런 꿈들은 그냥 꿈 그대로일지도 모른다. 그 안에 생생한, 실시간의 후회와 자책이 넘치니까 말이다. 그러나 이런 꿈들은 내게 언제나 위안의 원천이 되어준다.

기억 속으로 내려가려고 애쓰면 애쓸수록 나는 실패하게 된다. 아주 오랫동안 나는 아내가 죽은 해가 시작된 때 이전을 기억하지 못한다. 내가 기억할 수 있는 한도는 1월에서 10월까지다. 칠레와 아르헨티나에서 3주를 보내면서 나는 예순일곱 번째 생일을 정신없이 날아다니는 마젤란 딱따구리들이 가득한 칠레 삼목 교림에서 맞았다. 그런 후 다시 일상으로 돌아왔고, 그다음엔 시칠리아로 주말 도보 여행을 떠났다. 아내와 함께한 마지막 기억들이 떠오른다. 어마어마하게 커다란 회향풀과 야생화가 핀 언덕, 안토넬로 다 메시나의 그림 한 점과 박제한 호저,* 툴툴 소리를 내는 엔진의 스쿠터를 몰고 온 참

* 안토넬라 다 메시나는 시칠리아 출신의 이탈리아 르네상스 화가이고 그의 그림인 「이름 없는 남자」가 시칠리아섬의 만드랄리스카 박물관에 소장돼 있다. 줄리언 반스는 이 박물관을 다녀온 소감을 잡지에 기고한 적이 있는데, 이 박물관에는 박제된 동물로 가득한 전시실이 있다.

석자들로 인산인해를 이루었던 월드 베스파* 주말 축제 때의 어느 어촌. 그러나 돌아오는 길에 불안과 점점 커지는 공포, 갑작스러운 파국이 찾아왔다. 나는 아내의 기력이 점차 쇠하던 모습, 아내가 병원에 입원해 있던 기간, 집에 돌아온 것, 아내가 죽어가던 모습, 장례를 치른 것까지 모든 것을 세세히 기억한다. 그러나 그해 1월 전으로는 거슬러 올라갈 수가 없다. 내 기억이 다 타버린 것만 같다. 배우자를 먼저 떠나보낸 경험이 있는 아내의 동료가 내게 그런 일이 드문 사례가 아니며 기억이 곧 돌아올 거라는 말로 나를 안심시키려 하지만, 내 인생에 남아 있는 확실성은 거의 없는 데다가 따를 만한 패턴 또한 없기 때문에 나는 회의적이다. 이미 모든 일이 다 일어난 마당에 또 무슨 일이 일어나야 한단 말인가. 그런 이유로 아내가 두 번째로 내게서 빠져나가려는 것처럼 느껴진다. 처음엔 현실에서 그녀를 잃고, 그다음엔 과거에서 잃는 것이다. 기억—마음의 사진 저장소—이 쇠락하고 있는 것이다.

그리고 그렇기 때문에 '입을 다문 사람들'은 더욱 미움을 사게 된다. 그들은 당신 인생에서 그들이 새로이 기능하게 되었

* 이탈리아제 스쿠터.

음을 이해하지 못한다(어찌 이해할 수 있겠는가). 당신은 그들이 그저 친구가 아니라 확증을 가진 증인이 되어주길 바란다. 지금까지의 당신이 살아온 바를 가장 많이 지켜본 사람은 이제 침묵하게 되었으니, 돌이켜 기억할 때 의심이 드는 건 불가피한 일이다. 그런 이유에서 당신은 친구들이 다만 흘긋 본 것에 지나지 않는다 해도, 별 생각을 가지고 본 게 아니라 해도, 과거에 본 당신—당신 부부 두 사람—이 어땠는지 당신에게 얘기해 주길 바란다. 내적으로 자연스럽게 알게 된 것뿐 아니라 겉으로 보였던 면까지 얘기해 주길 바란다. 지금 당신의 상태로는 불가능한 정밀한 잣대로 당신을 증언하고, 확증하고, 기억해 주길 바란다.

그래도 나는 마지막 일들에 대해선 예리하게 기억한다. 아내가 마지막으로 읽은 책. 우리가 함께 본 연극(과 영화와 콘서트와 오페라와 미술 전시회). 그녀가 마지막으로 마신 와인, 그녀가 마지막으로 산 옷. 마지막으로 떠나 있었던 주말. 우리 집 침대는 아니었지만, 우리가 마지막으로 함께 잔 침대. 마지막 이것, 마지막 저것. 그녀가 마지막으로 읽고 마지막으로 웃은 내 글. 그녀가 마지막으로 쓴 글. 그녀가 마지막으로 자신의 이름을 서명한 때. 그녀가 집에 왔을 때 내가 틀어준 마지막 음악.

그녀가 마지막으로 말한 온전한 문장. 그녀가 마지막으로 했던 말.

1960년, 당시 런던에 머물던 신예 작가였고 우리의 친구였던 한 미국인 여성이 트래블러스 클럽에서 점심을 먹은 후, 어쩌다가 아이비 콤프턴버넷*과 함께 택시를 타고 집으로 가게 된 적이 있었다. 처음에 콤프턴버넷은 그 친구에게 평소 대화할 때의 어조로 클럽과 주최자와 음식 등에 대해 이야기를 했다. 그러다가 문득, 고개를 미묘하게 움직이기는 했으나 좀 전과 전혀 다를 바 없는 어조로 30년 동안 알고 지낸 친구인 마거릿 주데인에게 말을 걸기 시작하는 것이었다. 주데인이 그 택시에 있기는커녕 1951년에 죽었다는 사실은 하등 중요하지 않았다. 콤프턴버넷이 말을 걸고 싶었던 상대는 주데인이었고, 그렇기 때문에 사우스켄징턴으로 가는 길 내내 그녀에게 이야기를 한 것이다.

나에게 이 일화는 지극히 정상적인 이야기로 느껴졌다. 우리는 아이들이 가상의 친구를 만들어 사귄다고 해서 놀라지 않는다. 어른들이 그런다고 놀랄 이유가 있을까? 이 경우엔 실제

* 20세기 영국 소설가. 영국의 가구와 예술에 관한 저술가였던 마거릿 주데인과 우정을 나누며 오래 동고동락했다.

사람이라는 점이 다르긴 하지만.

보나르는 자신의 모델이자 정부이자 아내였던 마르테를 욕조 속 알몸의 젊은 여자로 그렸다. 그녀가 더는 젊지 않았을 때도 그는 그렇게 그렸다. 그녀가 죽은 후에도 그는 그렇게 그렸다. 10년 전인가 15년 전인가, 런던에서 보나르 회고전이 열렸을 때 한 미술 평론가가 논평하면서 이를 '병적病的'이라고 평했다. 그때도 나는 그와 정반대로 받아들였고 완전히 정상적이라고 생각했다.

아이비 콤프턴버넷은 마거릿 주데인을 '손에 만져질 정도로 뚜렷하고 분노로 가득한 걱정을 담아' 그리워했다. 한 친구에게 보낸 편지에서 콤프턴버넷은 '네가 마거릿을 만나지 못한 게 아쉬워. 그러면 나에 대해 더 많이 알게 되었을 텐데'라고 썼다. 대영제국이 주는 데임* 작위를 받은 후 그녀는 이렇게 썼다. '제가 가장 그리워하는 마거릿 주데인이 죽은 지 16년이 됐지만, 저는 여전히 그 친구에게 들려줄 말이 많습니다……. 저는 온전한 데임이라고 할 수 없습니다. 그 친구가 그 사실을 알지 못하기 때문입니다.' 이는 진실이며, 사별의 고통을 안은 사람에게 상실이 무엇을 의미하는지 정의하고 있다. 당신은

* 남자의 Sir에 해당하는 여성의 귀족 작위.

사랑하는 사람이 '알 수 있도록' 이런저런 소식을 끊임없이 전해준다. 당신은 그러면서 자기 자신을 속이고 있음을 의식할지 모르지만(그러나 그 사실을 의식한다는 건 그와 동시에 스스로를 속이고 있지 않음을 뜻한다), 그래도 계속 그렇게 살아간다. 그리고 그 후에 당신이 하는 모든 것, 그 후에 거둘지도 모르는 모든 성과는 그전보다 얄팍하고 허약하고 대수롭지 않다. 되돌아오는 반향이 없다. 어떤 결도, 어떤 울림도, 어떤 피사계 심도*도 없다.

전직 사전편찬자로서 나는 규범주의자라기보다는 기술 언어학자**에 가깝다. 영어는 언제나 유동적인 상태에 머물러왔다. 단어와 의미가 부합하는 황금기는 존재하지 않았고, 그러면서도 영어는 모르타르가 없는 벽처럼 굳건하고 장대히 서 있었다. 단어는 태어나서, 살다가, 기력이 쇠하고, 죽는다. 이는 다만 언어의 우주가 제 할 일을 하는 것뿐이다. 그러나 작가로서, 그리고 평소 편파적인 구석이 있는, 영어를 모국어로 둔 시민으로서 나는 어느 누구 못지않게 투덜거릴 수 있고 끙끙거

* 카메라가 선명한 상을 찍을 수 있는 가장 가까운 피사체와 가장 먼 피사체 사이의 거리.
** descriptivist, 언어가 일정 공동체에서 어떤 방식으로 발화되고 쓰이는지를 객관적으로 분석하는 언어학 연구자.

릴 수 있다. 예를 들어 사람들이 '열 명에 한 명 꼴로 제비를 뽑아 죽인다'는 뜻의 decimate를 '대량 학살massacre'로 생각한다든가, '무관심한disineterested'이라는 단어에서 유용하게 쓰일 만한 다른 의미들을 약화시키는 경우가 그렇다.* 요새 나는 '세상을 떠나다to pass'와 '아무개의 아내를 암으로 잃다' 같은 표현과 함께, 형용사 'uxorious'**의 잘못된 용례에 콧방귀를 뀐다. 그 말은 까딱 잘못 쓰면 '아내가 많은 남자'를 의미하거나, 심지어는 (수상쩍기 그지없는 말인) '여자들의 애인'이라는 뜻이 돼버릴 수도 있다. 그 말은 그런 뜻이 아니다. 'uxorious'는 지금도 그렇고, 세상 그 어떤 사전이 허용하건 말건 상관없이 앞으로도 늘 그러할 것인데, '자신의 아내를 사랑하는 남자'를 뜻하는 말이다. 오딜롱 르동 같은 남자는 30년 동안 자기 아내 카미유 팔트를 찬미하고 그녀를 그림으로 그렸다. 1869년에 그는 다음과 같이 썼다.

> 한 남자의 성격은 그의 친구나 아내를 보면 알 수 있다. 모든 여자는 자신을 사랑해 주는 남자를 설명하며, 그 반대도 마찬가지다.

* '무관심한'이란 뜻으로 풀이되지만, '선입견을 벗어난' '자기 이익을 따지지 않는'이라는 뜻도 있다.

** '아내에게 지나칠 정도로 얽매이거나 의존하는' '애처가의 기질이 있는'의 뜻으로 쓰인다.

그는 그녀의 성격을 해석해 준다. 그들을 관찰하면서 둘 사이에 친근하고 섬세한 연관성을 수도 없이 발견하는 건 매우 흔한 일이다. 나는 가장 큰 행복은 언제나 가장 큰 조화에서 생겨난다고 믿는다.

르동이 이 글을 쓴 건 만족에 겨운 남편으로서가 아니라 카미유를 만나기 무려 9년 전, 외톨이 관찰자로서였다. 그들은 1880년에 결혼했다. 그로부터 18년이 지나 다시 과거를 돌아보면서 그는 다음과 같이 반추했다.

우리의 결혼식 날, 내가 '네'라고 서약한 것은 이제까지 살면서 내가 느낀 가장 완전하고 가장 명백한 것임을 나는 확신한다. 이제까지 내가 나 자신의 소명에 관해 느낀 그 어떤 감정보다도 더 절대적인 확실성이었다.

소설가 포드 매덕스 포드는 "대화를 계속하고 싶다면 결혼하라"고 했다. 그렇다면 죽음이 끼어들었다 해서 대화를 끊어야 할 이유가 무엇인가. 비평가 H. L. 멘킨과 그의 아내 세라의 결혼 기간은 4년 9개월이었다. 그 후, 그의 아내는 죽었다. 상처한 지 5년째 되는 해에 멘킨은 썼다.

말 그대로, 나는 아직까지도 내 인생의 매일, 내 하루의 거의 매 시간 세라를 생각한다. 아내가 좋아했을 법한 것을 보면, 종류를 막론하고 '저걸 사서 아내에게 갖다줘야지'라고 혼잣말을 하곤 한다. 그리고 아내에게 들려줄 이야기를 언제나 생각하고 있다.

이는 사별의 회귀선을 건너본 적이 없는 사람들로선 대개 이해하지 못하는 이야기다. 누군가가 죽었다는 사실은 그들이 살아 있지 않다는 것을 의미할지 모르지만, 그렇다고 그들이 존재하지 않는다는 것을 의미하는 건 아니다.

그래서 나는 아내에게 끊임없이 말을 건다. 이는 필요할 뿐 아니라 그만큼 정상적인 행위로 느껴진다. 나는 내가 지금 하고 있는 것(이나 그날 하루 동안 끝낸 일)에 대한 내 의견을 말한다. 운전을 하면서 그녀에게 이것저것 가리켜 보인다. 나는 그녀의 반응을 말로 옮긴다. 사라진 우리의 내밀한 언어를 계속 살려낸다. 나는 그녀에게 장난을 치고, 그녀도 나에게 장난을 친다. 우리는 그 말들을 외우고 있다. 그녀의 음성은 나를 진정시키고 나에게 용기를 준다. 나는 내 책상 건너편에 놓인 작은 사진 속에서 살짝 의아한 표정을 짓고 있는 아내를 보며, 그녀가 궁금해하는 이유가 무엇이건 간에 대답을 한다. 짧은 대화를 나누는 사이, 진부한 집안일 이야기가 활기를 띠게 된다. 아내는 욕조 매트가 촌스러워 창피하다면서 갖다 버려야 한다고 주장한다. 외부인의 눈에 이런 광경은 괴상하거나, '병적'이거나, 자기기만적인 습관으로 비칠지도 모른다. 그러나 외부인들이란 정의상, 비탄을 경험해 본 적이 없는 사람들이다. 내가 아내를 쉽고 자연스럽게 밖으로 드러낼 수 있는 건, 지금까지 그녀를 내 안에 품어왔기 때문이다. 이는 비탄의 역설이다. 만약 내가 4년 동안 아내의 부재를 견뎌내 왔다면, 그건 4년 동안 그녀의 실재를 품어왔기 때문이다. 그리고 아내가 활발하게 머물러 있다는 점은 내가 초반에 염세적으로 단언했던 것을 반증한다. 결국 비탄 또한, 어떤 면에서는 도덕적인 공간이 될 수 있다.

내가 말을 걸 때마다 아내는 늘 대답해 주지만, 내 복화술에는 한계가 있다. 나는 이미 일어난 일이나 거의 반복되다시피 하는 일에 대해 그녀가 뭐라고 말할지 기억할 수 있다. 혹은 상상할 수 있다. 그러나 새로운 사안에 그녀가 보일 반응을 그녀의 목소리를 빌려 말할 수는 없다. 내가 '제5년'을 맞이할 무렵, 친한 친구 부부의 아들이 다정하고 영특했던 소년에서 다정하고 문제가 많은 젊은이로 자라나 스스로 목숨을 끊었다.

비탄에 발을 담그고 있으면서도 나는 이 끔찍한 죽음에 대해 제대로 반응할 방법을 찾지 못해 며칠 동안 망연자실해 있었다. 그러다가 문득 그 이유를 깨닫게 되었다. 아내에게 그 일을 말하고, 아내의 대답을 듣고, 우리가 함께했던 기억을 되살리고 비교할 수가 없기 때문이었다. 내가 아내를 잃으면서 함께 잃어버린 각종 친구의 범주 가운데, 여기 한 가지가 또 있었다. 함께 사별의 고통을 나눌 사람.

한 친구가 나에게 안토니오 타부키의 『페레이라가 주장하다』*를 건넸다. 1938년 리스본을 배경으로 죽음과 기억에 천착하는 소설이다. 주인공은 아내를 깊이 사랑하는 저널리스트로 그의 아내는 몇 년 전 폐병으로 죽었다. 페레이라는 이제 비만에 건강이 악화되어 크로도소 박사가 운영하는 해수요법 진료소에 입원한다. 작품에서 통명스러운 세속의 '현자'로 등장하는 크로도소는 환자에게 과거의 껍질을 벗어버리고 현재를 사는 법을 배우라고 조언한다. 그는 이렇게 경고한다.

"계속 이런 식으로 가다간 결국 아내분 사진에 대고 떠들어대게 될 겁니다."

* 이탈리아 작가 안토니오 타부키의 작품. 1930년대 말, 포르투갈의 살라자르 독재 정권하에 기자 페레이라의 개인적인 심리를 묘사한 소설.

이에 페레이라는 전에도 그랬고, 지금도 여전히 그런다고 대답한다.

"나한테 일어난 모든 일을 아내 사진에 대고 얘기하는데, 그러면 사진이 꼭 나에게 대답을 하는 것 같거든요."

그러자 크로도소는 이렇게 일축한다.

"그건 다 초자아의 독재를 받아서 생긴 환상이요."

자기 확신이 지나친 의사가 주장하는 바에 따르면, 페레이라의 문제점은 '그가 여전히 사별 정리의 단계에 머물러 있다'는 것이다.

사별 정리. 두 단어가 자신만만하게 조합된 것이, 매우 분명하고 확고한 개념처럼 들린다. 그러나 이는 유동적이고 미끄럽고 은유적인 말이다. 때로는 수동적이어서, 시간과 고통이 사라질 때까지 잠자코 기다린다. 때로는 능동적이어서, 죽음과 상실과 사랑했던 사람에게 의식적으로 집중한다. 때로는 (재미없는 축구 경기, 압도적인 오페라 덕에) 숨을 돌릴 만큼만 해이해지기도 한다. 당신은 전에 이런 종류의 정리를 한 번도 해본 적이 없다. 보수를 받는 일도 아닌데, 그렇다고 자발적인 일도 아니다. 엄격한데, 감독하는 사람은 없다. 숙련을 요하는데, 견습기간도 없다. 그런 데다 자신이 발전하고 있는 건지, 혹은 그렇게 한다고 해서 어디에 도움이 되는지도 알기 어렵다. 이런 상황에 처한 젊은이들을 위한 주제가는 (슈프림스*가 부른) 「서두른다고 사랑이 이뤄지나요」일 것이다. 나이 든 사람들을 위한 주제가는 (어떤 악기로 편곡해도 무방할) 「서두른다고 비탄이 사라지나요」일 테고.

사별의 고통은 되풀이되는 동안에도 당신을 아프게 할 새로운 방도를 늘 궁리 중이라는 점에서 더욱 힘들다. 몇 년 동안 우리 집 우편물을 가져다준 집배원인 콩고 출신의 장 피에르란 사람이 있었는데, 나는 그와 자주 한담을 나눴다. 아내가 죽기 한두 해 전, 그는 새로운 배달 구역으로 옮기게 되었다. 그리고 제3년의 어느 시점에 나는 그와 우연히 다시 만나게 되었다. 우리는 정중하게 이야기를 나누었다. 잠시 후, 그가 내게 물었다.

"부인께선 잘 지내시고요?"

"아내는 죽었어요."

나는 부지불식간에 그렇게 말하고 있었고, 그에게 설명하고 그가 받은 충격을 달래주는 와중에도 머릿속으론 이렇게 생

* Supremes, 1960년대의 미국 소울 걸 그룹.

각하고 있었다. '이제 나는 이 모든 걸 프랑스어로도 말해야 하는구나.' 전혀 새로운 종류의 고통이었다. 그리고 이렇게 허를 찔리는 순간은 계속된다. '제4년'이 가까워오던 어느 늦은 밤, 11시가 좀 지나서 나는 택시를 타고 집으로 돌아가고 있었다. 그런 때면 언제나 아내가 그리워졌다. 서로 다정하게 있었던 일을 얘기할 수도 없고, 말없이 잠이 든 모습도 볼 수 없고, 손을 잡고 있을 수도 없었다. 집에 거의 다 와서 택시 기사가 수다를 떨기 시작했다. 그의 이야기는 모두 즐겁고 빤했다. 그러다 마침내 치고 들어오는 경쾌한 질문.

"아내분은 주무시고 있겠네요?"

말없이 감정을 억누른 끝에 나는 가까스로 찾아낸 유일한 말로 답했다.

"그러면 좋겠네요."

물론, 모든 사람이 아내에 대한 지극한 사랑을 높이 사는 건 아니다. 어떤 사람들은 소심함으로 보기도 하고, 또 어떤 사람들은 소유욕으로 보기도 한다. 그리고 고대인들에게 오르페우스의 의미는 지금의 우리가 하나의 귀감으로 변모시킨 오르페우스와는 전혀 거리가 멀었다. 고대인들은 오르페우스가 아내를 그토록 절절하게 그리워했다면, 관습적으로 쓰이던 빠른 방법으로 자살하여 얼른 저승에 있는 아내의 곁으로 가야 한다고 생각했다. 플라톤은 오르페우스를 비겁한 나머지 사랑을 위해 죽을 수도 없는 겁쟁이 음유시인이며, 신들이 마이나스* 들을 시켜 그를 갈기갈기 찢어 죽인 건 올바른 처사라고 일축했다.

당신은 자신이 현재 있는 곳과 아래의 땅이 어떤지를 분명히 알고 있어야 한다. 그러나 기구에서 그걸 관측하는 건 절대 불가능하다. 도와주겠다는 생각이자 바람 때문에 다른 사람들이 당신의 위치를 대신 기록해 주기도 한다. 그들은 "아, 얼굴이 좀 나아졌네요"라고 말한다. 심지어 "훨씬 나아졌어요"라고 말하기도 한다. 질병과 관련된 언어가 어쩔 수 없이 동원된다. 진단은 간단하다. 늘 그렇다. 그렇지만 예후는? 정상적인 온갖 방식을 동원해 들여다봐도 당신은 병에 걸린 게 아니다. 기껏해야 여러 형태로 나타나는 체력 저하 상태에 지나지 않는다. 또한 사람에 따라선 그런 상태를 실제로 인정하지도 않는다. 믿지 않는 자들은 넌지시 암시한다. '비탄 같은 건 훨훨

* 그리스 신화 속 디오니소스 신의 시녀들. 디오니소스가 트라키아에 방문했을 때, 오르페우스가 아폴론이 가장 위대한 신이라고 말한 것에 분노해 오르페우스를 여덟 조각으로 찢어 죽였다.

떨쳐버려. 그럼 우린 죽음이 존재하지 않는 것처럼, 그게 아니면 최소한 마음을 놓아도 될 만큼 멀리 있는 것처럼 살았던 시절로 가뿐히 돌아갈 수 있어.' 저널리스트인 한 친구는 자기 책상에서 흐느껴 울다가 같은 부서 편집자에게 들킨 적이 있었다. 그녀가 이미 모두가 알고 있는 사실—그녀의 아버지가 6주 전에 죽은 일—을 다시 말하자 편집자는 말했다.

"지금쯤은 다 넘어섰겠거니 했는데요."

'넘어선다는' 시점은 언제쯤일까? 사별의 고통에 잠긴 사람은 더 이상 예전처럼 시간을 측정할 수 없기 때문에 도무지 알 수가 없다. 4년째가 되자 어떤 사람은 내게 '전보다 더 즐거워 보인다'고 말한다. 한 술 더 떠서 '전보다 낫다'고까지 말하기도 한다. 그러면 배짱이 더 두둑한 친구는 '혹시 누구 만나는 거 아니냐'고 덧붙인다. 그러는 게 명쾌하고 필요불가결한 해결책이라도 되는 것처럼. 어떤 외부인들에겐 그럴지도 모른다. 그렇지 않은 사람도 있다. 어떤 사람은 친절하게도 당신의 '해결사'를 자임한다. 또 어떤 사람은 더 이상 존재하지 않는 그의 부부관계에 연연하기도 하는데, 그들에겐 '다른 사람을 만난다'는 건 가히 불쾌하기까지 한 일이다. 나보다 젊은 한 친구가 이렇게 말한 적이 있다.

"아버지가 재혼을 하면 그런 기분일 거예요."

이와는 대조적으로, 오래 알고 지냈던 아내의 한 미국인 친구가, 그녀가 죽은 지 채 몇 주가 지나지 않았을 때, 통계적으로 행복한 결혼 생활을 한 사람들이 반대의 경우보다 훨씬 더 빨리 재혼하며, 반년 안에 하는 경우도 부지기수라고 내게 말한 적이 있다. 기운을 북돋워 주려고 한 말이었지만, 그 사실은, 그러니까 그 말이 사실이라면 (어쩌면 그건 미국에만 적용되는 통계일지도 모른다. 미국에서 정서적 낙관주의는 헌법적인 의무 아닌가 말이다.) 나를 충격에 빠뜨렸다. 100퍼센트 논리적이면서 동시에 100퍼센트 허무맹랑하게 들렸다.

4년 후, 바로 그 친구가 내게 말했다.

"그 친구(내 아내)가 이젠 과거에 속하게 되었다는 사실이 원통해요."

이 말이 아직까지도 내게 진실로 느껴지지 않는다면, 그건 다른 모든 것과 마찬가지로 문법도 자리가 바뀌기 시작했기 때문이다. 아내는 딱히 현재에 존재하는 것도 아니며, 온전히 과거에 속하지도 않고, 그사이 어딘가의 시제에 속한다는 점에서 과거적 현재형이다. 아마도 이런 이유로 나는 아내에 관한 새로운 이야기라면, 아무리 하찮은 것이라도 즐겨 듣는지 모르겠다. 전에는 전혀 들은 바 없는 추억, 그녀가 몇 년 전에

해준 조언, 활기에 넘쳤던 그녀의 예전 시절에 대한 생생한 기억. 나는 다른 사람의 꿈에 나타난 그녀의 모습을 통해 대리 쾌락을 만끽한다. 그녀가 어떻게 행동하는지, 어떤 옷을 입는지, 무엇을 먹는지, 지금의 그녀는 그때의 그녀와 얼마나 닮았는지, 그리고 내가 그녀와 함께 있었는지. 그런 덧없는 순간들이 날 설레게 한다. 그것만으로도 그녀를 현재에 재빨리 다시 고정시키고, 과거적 현재형에서 그녀를 구하고, 불가피하게 역사적 과거로 끌려들어 가는 것을 조금이나마 지연시킬 수 있기 때문이다.

작가 새뮤얼 존슨은 비탄이 '고통스럽고 괴로운 결핍'임을 깊이 이해했다. 그래서 그는 고립주의와 내면으로의 침잠을 경계하라고 경고했다. '중립과 무관심 상태를 유지하며 살려는 태도는 비합리적이고 무익하다. 만약 즐거움을 배제하는 것으로 비탄을 차단할 수 있다면, 그 계획에 진지하게 주의를 기울여야 마땅할 것이다.' 그러나 결과는 그렇지가 못하다. 가령 '[마음을] 억지로 즐거운 장면들에 끌어다 놓으려는' 시도나, 그 반대로 '더 끔찍하고 더 괴로운 고통의 상태에 이골이 나도록 만들어 무념무상의 상태로 이완시키려는' 시도 같은 극단적인 조처도 소용이 없다. 존슨은, 오직 노동과 시간만이 비탄을 완화한다고 본다. '슬픔'은 영혼에 녹이 슨 것과 같으며, 그것을 벗겨내는 과정에서 온갖 새로운 발상이 동원된다.

사별의 아픔을 정리하는 사람은 자영업자나 마찬가지다. 실제로 자영업자가 사무실이나 공장에 출근하는 피고용인들보다 이 문제에서 더 좋은 성과를 거두는지 궁금해지기도 한다. 이에 관한 통계자료도 있을지 모르지만, 내 생각에 비탄은 통계가 추방당하는 영역이다. 오든은 예이츠의 죽음에 부쳐 이렇게 썼다. '세상 그 어떤 측정계가 그가 죽은 날이 차디찬 암흑의 날이었음을 말해주는가?' 측정계들은 죽음이 닥친 날 그 자체에 대해선 이만큼을 말해줄 수 있다. 그러나 그 후, 그 너머에는? 바늘이 다이얼로부터 날아가 버린다. 온도계는 온도를 재지 못한다. 기압계는 터져버린다. 인생의 수중 음파탐지기가 고장 나버려 이제 더 이상은 해저의 깊이를 파악할 수가 없다.

우리는 꿈속으로 내려가고, 또 기억 속으로 내려간다. 그렇다, 예전의 기억은 과연 돌아온다. 하지만 그러는 사이 우리는 두려움을 배우고, 다시 찾은 기억이 원래 그대로인지 확신할 수 없다. 어떻게 똑같을 수 있겠는가. 당시 거기 있었던 사람이 더 이상 확증을 해줄 수 없게 되었는데. 우리가 한 것, 우리가 간 곳, 우리가 만난 사람들, 우리가 느낀 감정을. 우리가 함께하게 된 사연을, 그 모든 것을. '우리'는 씻겨가고 이제 '나'만 남았다. 쌍안경의 기억은 단안경이 되었다. 똑같은 하나의 일화에 관한 두 가지의 불확실한 기억을 삼각측량과 항공 탐사의 과정을 거쳐서 더 확실한, 단일한 기억으로 응집할 가능성은 이제 사라져 버렸다. 그래서 그 기억은 바야흐로 일인칭 단독 시점하에 변질된다. 그 일화를 사진으로 남긴 것만도 못한 기억이 되고 만다. 그리고 높이도, 정확함도, 초점도 잃어버린 이즈음, 우리는 예전처럼 사진을 신뢰해도 되는지 확신할 수 없다. 지금보다 행복했던 시절을 담은 친숙한 옛 스냅사진들은 예전만큼 각별하지 않고, 인생 자체를 찍은 사진처럼 다가오지도 않으며, 그저 사진을 찍은 사진인 것 같은 느낌뿐이다.

아니, 달리 말해볼까. 당신의 인생, 당신의 전생에 대한 당신의 기억은 템스강 어귀 어딘가에서 프레드 버나비, 콜빌 대위, 미스터 루시가 목격한 평범한 기적과 닮았다. 그 셋은 구름과 태양 사이에 있었고, 버나비는 이제 막, 대담해져서 코트를 벗고 셔츠 바람으로 만족스레 걸터앉은 터였다. 셋 중 하나가 그 현상을 먼저 보고 다른 사람들의 주의를 끌었다. 태양이 양털 구름층 위로 그들이 탄 기체의 이미지를 비추고 있으며, 가스 주머니, 바구니, 세 조종사의 윤곽선이 뚜렷하게 떠올라 있다. 버나비는 그것을 '거대하게 큰 사진'에 비유했다. 우리의 삶도 마찬가지다. 그토록 뚜렷하고 그토록 확실하지만, 결국 이런저런 연유로, 기구가 움직이고 구름이 흩어지고 태양이 각도를 바꾸기 때문에, 그 이미지는 영영 잃어버리게 되고, 오직 기억 속에서만 살아 후일담으로 변해버린다.

베네치아에서 보았던, 사진으로 찍기라도 한 듯 선명하게 기억나는 한 남자가 있다. 어쩌면 사진을 찍지 않았기 때문에 더 분명하게 기억하는지도 모른다. 몇 년 전, 늦가을이나 초겨울의 어느 날이었다. 아내와 나는 그 도시에서 관광객에게 잘 알려지지 않은 곳을 배회하고 있었고, 아내는 나를 앞질러 걷고 있었다. 내가 아담하고 평범한 다리를 건너기 시작했을 때, 한 남자가 내 쪽으로 다가오는 것이 보였다. 60대쯤 되어 보였으며, 격식에 철저히 맞춰 입은 남자였다. 세련된 검은 오버코트와 검정 스카프, 검정 구두를 신었던 것이 기억나고, 짧은 콧수염을 길렀던 것도 같고, 검정 홈부르크 모자*도 쓰고 있었던

* 좁은 챙 끝이 살짝 말려 올라간 남성용 모자.

것 같다. 베네치아의 아보카토*였는지도 모른다. 그는 확실히 관광객에겐 눈길 한 번 주지 않았다. 그러나 나는 그에게 시선을 한 번 던졌는데, 그가 다리의 아치가 시작되는 지점에 이르렀을 때, 새하얀 손수건을 꺼내 눈시울을 훔쳤기 때문이었다. 내가 장담하는데, 추위라는 실질적인 이유에서나 무심함에서가 아니라, 천천히, 집중해서, 몸에 익은 방식으로 그랬다. 그때도, 그리고 그 후에도 나는 은연중에 내가 그의 사연을 상상해 보고 있음을 깨닫게 되었다. 글로 써볼까 하는 생각도 가끔했다. 이제, 나는 더 이상 그럴 필요를 느끼지 못한다. 그의 사연을 나의 사연으로 흡수했기 때문이다. 그는 나의 패턴에 꼭 들어맞는다.

고독의 문제가 존재한다. 그러나 이것도 당신이 상상했던 것과는 다르다. (한 번이라도 상상을 해본 적이 있다면 말이다.) 고독은 본질적으로 두 종류로 나뉜다. 사랑할 사람을 찾지 못해서 느끼는 고독과, 한때 사랑했던 사람을 빼앗겨서 느끼는 고독이다. 두 가지 중 첫 번째가 더 고통스럽다. 청년기의 고독에 필적하는 고독은 어디에도 없다. 1964년에 처음으로 파리에

* avvocato, 이탈리아어로 '변호사' '법조인'이라는 뜻.

갔던 때가 기억난다. 당시 나는 열여덟 살이었다. 나는 하루도 빼놓지 않고 미술관, 박물관, 교회에 가는 것으로 나 나름의 문화적 본분을 수행했다. 오페라 코미크에서 가장 싼 좌석 표를 구입하기도 했다. (막상 들어가선 그곳의 견디기 곤란한 열기와, 무대가 거의 보이지 않는 곤란한 좌석과, 거의 이해하기가 불가능한 오페라 때문에 곤란했던 심정이 기억난다.) 나는 외로웠다. 지하철에서도, 길거리에서도. 그리고 혼자 벤치에 앉아서, 필시 실존적 고독에 관한 내용을 다루었을 사르트르의 소설을 읽었던 공원에서도. 친해진 사람들과 있을 때도 나는 외로웠다. 이제 그때를 떠올리면서, 나는 비로소 그때의 내가 단 한 번도 위로 올라간 적이 없고—에펠탑은 부조리하고, 부조리하게 유명한 구조물처럼 여겨졌다—그저 아래로만 내려갔음을 깨닫는다. 100년 전의 나다르와 그의 카메라가 그랬듯이 나도 아래로 내려갔던 것이다. 나 역시 파리의 하수도에 갔었다. 알마 다리에서 가이드를 동반한 투어 보트로 들어갔고, 당페르 로셰로 광장에서 카타콤으로 내려갔다. 손에 든 촛불이 단정히 쌓인 대퇴골들과 단단한 정육면체의 해골들을 비추고 있었다.

독일어에 'Sehnsucht'라는 말이 있다. 같은 뜻의 영어는 없는데, 의미상 '무언가를 갈망하는 마음'을 뜻한다. 여기엔 낭만주의적이고 신비한 의미들이 내포되어 있다. 작가 C. S. 루이

스는 '무엇인지 알지 못하기 때문에' 우리의 마음속에 '위로받을 길 없이 남아 있는 열망'이라고 정의했다. 명시할 수 없는 것을 명시하는 능력은 다분히 독일적인 것 같다. 그것은 무언가에 대한 열망이며, 우리의 경우엔 누군가에 대한 열망이 될 것이다. 'Sehnsucht'는 첫 번째 종류의 고독을 설명해 준다. 그러나 두 번째 종류의 고독은 그와 정반대의 조건에서 생겨난다. 바로 특별한 사람의 부재이다. 그녀의 부재 상태에 비견할 만한 고독은 많지 않다. 따뜻한 물이 담긴 욕조와 일본제 고깃칼을 준비하며 위안이 될 계획이라고 부추기는 것이 바로 이 특별함이다. 그리고 이제 나는 자살을 거부할 확고한 논거를 갖게 되었음에도, 그 유혹은 여전히 남아 있다. 그녀의 부재를 견디며 그 유혹의 싹을 베어낼 수 없다면, 나는 대신 나 자신을 베어내 버릴 것이다. 그러나 이제 나는 최소한, 의지할 만한 현명한 목소리를 좀 더 잘 불러낼 수 있다. 시인 마리안 무어는 '고독의 치료제는 홀로됨'이라고 조언한다. 반면에 (모든 면에서 가히 역할 모델이라 할 만한) 피터 그라임스*는 "나는 혼자 산다네. 습관은 점점 커져간다네"라고 노래한다. 이런 말들 사이엔 균형이, 격려가 되는 조화가 존재한다.

* 영국의 작곡가 E. B. 브리튼의 오페라에 등장하는 늙은 어부.

'자연은 너무나 정확해서, 정확히 그럴 가치가 있을 만큼의 고통을 안겨준다는 거예요. 그래서 어떤 면에서 우리는 그 고통을 즐기기도 한다고 나는 생각해요.' 이 두 번째 문장이 마음에 걸렸다. 내겐 불필요한 자기 학대로 여겨졌기 때문이다. 지금은 그 말에 일말의 진실이 있음을 안다. 그리고 고통은 즐길 수 있는 것이 아니기 때문에, 더 이상 헛되지 않다. 고통은 당신이 아직 잊지 않았음을 알려준다. 고통은 기억에 풍미를 더해준다. 고통은 사랑의 증거다. '그런 점이 지금까지 문제가 안 되었다면, 앞으로도 그럴 것이다.'

그러나 비탄에는 수많은 함정과 위험이 도사리고 있으며, 시간이 흐른다고 해서 줄어드는 것도 아니다. 자기 연민, 고립주의, 세상에 대한 경멸, 자기만 특별히 예외라는 생각은 모두 허영의 면면이다. 내가 얼마나 괴로워하는지 봐, 사람들이 나를 얼마나 곡해하는지 봐. 이런 태도가 내가 얼마나 사랑했는지를 증명해 주지 않느냐고? 그럴 수도 있고 아닐 수도 있다. 나는 장례식장에서 '시위하듯 비탄에 빠진' 사람들을 본 적이 있다. 단연코, 그보다 더 공허한 광경도 없다. 애도의 행위는 또 경쟁이 될 수 있다. 내가 그녀를, 그를 얼마나 사랑했는지 알아? 이 눈물로 증명할 수 있어. (그리고 트로피를 거머쥔다.) 느끼려는, 아니 말로 표현하려는 유혹이 존재한다. 내가 너보다 더 높은 곳에서 떨어졌어. 내 내장 기관이 얼마나 파열되었는지 한번 보라고. 사별의 고통을 느끼는 사람은 동정을 요구하면서도, 자신이 차지한 아성에 대한 그 어떤 도전도 성가셔하며, 똑같은 상실감으로 괴로워하는 다른 사람들의 고통을 얕본다.

30년쯤 전에, 나는 한 소설에서 아내를 잃은 한 60대 남자의 심정을 상상해 보려고 했고, 다음과 같이 썼다.

> 아내가 죽었을 때, 당신은 처음에는 놀라지 않는다. 사랑의 일부는 얼마간 죽음에 대비하고 있다. 아내가 죽을 때, 당신은 당신의 사랑 속에서 검증받는 기분이 든다. 당신은 그 검증을 통과한다. 이것은 사랑의 모든 과정의 일부다.
>
> 그런 후, 광기가 찾아온다. 그다음엔 고독이 찾아온다. 그것은 당신이 예상했던 비장한 홀로됨이 아니라, 아내를 잃었다는 사실이 가져온 흥미로운 순교자적 고통이 아니라, 그냥 고독이다. 당신은 거의 지질학적인 감정—협곡의 완만한 비탈에서 느끼는 현기증—을 예상하지만, 실상은 그렇지 않다. 그것은 다만 하나의 직업에 종사하는 것처럼 규칙적으로 비참한 상태이며……(사람들은) 당신이 그 아픔에서 벗어나게 될 거라고 말하고…… 실제로도 벗어나게 되는 것은 사실이다. 그러나 터널을 빠져나와, 다운

스*를 돌파해, 쏜살같이 덜컹거리며 햇빛 속으로, 영국해협을 향해 내달는 기차처럼 벗어나는 게 아니다. 기름막을 뒤집어쓴 갈매기 같은 꼴로 벗어나는 것이다. 당신은 한평생 타르 범벅이 된 깃털에 뒤덮여 살 것이다.

나는 이 대목을 아내의 장례식에서 읽었다. 10월의 눈이 내리는 가운데, 왼손은 아내의 관에 대고, 오른손은 (아내에게 바친) 그 책을 펼쳐 들고서. 그 소설에서 아내를 잃은 남자는 나와는 다른 삶을 살았고, 다른 사랑을 했고, 그리고 꽤 다른 방식으로 아내를 잃었다. 단어를 극도로 아껴서 완성한 문장으로, 내 딴엔 정확하게 맞아떨어지게 표현했다는 데 깜짝 놀랐다. 나중에 가서야 소설가로서의 자기 회의가 들어섰다. 내 허구의 인물이 느끼는 사별의 고통을 정확히 고안해 냈다기보다는, 내가 느낄 만한 감정들을 예견한 것에 지나지 않았던 것이다. 그래서 더 수월했던 것이다.

3년이 넘도록 나는 똑같은 방식으로, 똑같은 대본에 따라 아내에 관한 꿈을 꾸었다. 그러다 한번은 일종의 꿈에 관한 꿈을

* 잉글랜드 남부 및 남동부의 구릉지대.

꾸었는데, 이 계속되는 야간작업에 종지부를 찍기를 권고하는 듯한 꿈이었다. 그것도, 더없이 근사한 결말과 함께 말이다. 나는 결말이 다가오는 것을 알지 못했다. 꿈속에서 아내와 나는 함께 이런저런 것들을 하고 있었다. 우리는 어느 탁 트인 공간에 있었고, 그러는 내내 내가 익숙해지게 된 행복을 만끽하고 있는데, 어느 순간, 아내가 이것이 실제일 수가 없으며, 모든 것이 꿈이라는 것을 깨닫게 되었다. 그제야 아내가 자신이 죽었음을 알았기 때문이었다.

나는 과연 이런 꿈을 반가워해야 하는 것일까? 여기서 고통스러운, 답이 없는 마지막 질문이 떠오른다. 애도에 '성공한다는 것'은 무엇인가? 성공은 기억하는 데 있는 것인가? 아니면 잊어버리는 데 있는 것인가? 꼼짝 않고 가만있는 것인가, 아니면 앞으로 나아가는 것인가? 아니면 이 둘 모두를 조합한 것인가? 잃어버린 사랑을 왜곡 없이 기억하면서 마음속에 굳건히 유지하는 능력인가? 아내가 당신에게 바랐을 법한 모습(그렇지만 이는 하나의 함정이다. 왜냐하면 슬픔에 젖은 사람은 자기 자신에게 손쉽게 무임승차권을 허락할 수 있기 때문이다)으로 계속 살아가는 능력인가? 그렇다면 그다음에는? 마음은 어떤 상태가 되는가? 마음이 원하고 찾는 것은 무엇인가? 중립적인 태도와 무관심을 지양하는 일종의 자족적인 형태인가? 이후, 잃어버린 사람에 대한 기억에서 힘을 이끌어내는 새로운 관계가 생겨나는가? 이건 양쪽 세계에서 가장 좋은 것만 달라고 하는 것처럼 보인다. 그러나, 이제 막 한쪽 세계에서 가장 큰 시련을 견뎌낸 당신은 스스로 그럴 자격이 있다고 생각할지도 모른다. 그러나 마땅한 자격—우주(아니면, 심지어 동물계)에 보상체계가 있다는 믿음—이란 또 다른 망상이자 또 다른 허영이다. 하고많은 곳 가운데 유독 이곳에 패턴이 있어야 할 이유는 무엇인가?

때로, 어떤 발전이 이루어졌음을 알리는 듯한 순간들이 있다. 단 하루도 거르는 법 없이 주체할 수 없게 흐르던 눈물이 멈출 때. 다시 집중력을 회복해, 전처럼 책 한 권을 다 읽을 수 있게 될 때. 휴게실 공포증에서 벗어날 때. 유품을 처분할 수 있게 될 때(상황이 다르게 풀렸다면, 오르페우스는 그 빨간 드레스를 자선단체에 기부했을 것이다). 그리고 그런 다음에는? 당신은 무엇을 기다리고, 기대하고 있는가? 인생이 오페라에서 사실주의 소설로 돌아가는 때다. 당신이 요즘도 밑을 통과해 지나가는 그 다리가 다시금, 다른 다리와 하등 다르지 않게 느껴질 때다. 당신이 실시했고, 이를 통해 합격한 친구들도 있고, 불합격한 친구들도 있는 시험의 결과들을 기억에서 지워버릴 때다. 진짜로 사라질지는 알 수 없지만, 자살의 유혹이 마침내 사라질 때다. 명랑한 마음과 즐거움이 다시 찾아올 때다. 그 명랑함이 전보다는 약해졌고, 현재 느끼는 즐거움이 과거의 즐거움에는 차마 비할 수 없을 정도로 미미하다 해도 말이다. 그럴 수 있을지는 모르나, 비탄이 '단순한' 사별의 기억에 지나지 않게 되는 때다. 세상이 다시 '단순한' 세상으로 되돌아가고, 삶이 다시 한번 평지에서, 평평하게 펼쳐지는 것처럼 느껴질 때다.

이건 무슨 형광펜을 칠하거나, 문항을 체크하는 얘기처럼 들릴 수도 있겠다. 그러나 종류를 불문하고 모든 성공에는 수많은 실패와 수많은 재발이 존재한다. 때론 고통을 계속 사랑했으면 싶어지기도 한다. 그때, 그런 바람을 넘어, 또 하나의 질문이 스스로 예리한 윤곽선을 그리며 구름 위로 떠오른다. 비탄에서, 애도에서, 슬픔에서, '성공'은 하나의 성취인가, 아니면 다만 새롭게 주어진 상황에 지나지 않는가? 이런 질문이 생겨나는 건, 그런 성공이 자유의지와는 별 상관이 없어 보이기 때문이다. 목적이나 장점에 매달리는 것, 사별 정리를 통해 보상받는다는 생각은 제자리를 벗어난 것처럼 보인다. 어쩌면 이번에는 질병의 비유가 말이 될지도 모르겠다. 암 환자를 대상으로 한 연구 결과, 환자의 마음가짐이 임상의학 결과에 미치는 영향은 거의 없었다. 우리는 우리가 암에 맞서 싸우고 있다고 말할 수 있을지 모르지만, 어디까지나 암이 우리에게 맞서 싸우고 있는 것이다. 우리가 마침내 싸워 이겼다고 생각할지도 모르지만, 암은 다만 재정비를 하러 잠시 떠나 있을 뿐이다. 결국 우주가 제 할 일을 하고 있는 것에 지나지 않으며, 우리는 우주가 그렇게 끝낸 일의 부산물이다. 어쩌면, 비탄 또한 그중 하나일지도 모른다. 우리는 우리가 그 아픔과 싸웠고, 목적의식을 가지고 있었고, 슬픔을 극복했고, 우리의 영혼에서 녹을 긁어냈다고 생각하지만, 그 모든 일이 일어난 때는 비탄이 다른 곳으로 떠났을 때, 자신의 관심사를 다른 데로 돌린 때이다. 우리 쪽에서 먼저 구름을 불러들인 것이 아니며, 우리에겐 구름을 흩어지게 할 힘도 없다. 그 모든 건 어디선가, 아무도 알지 못하는 곳에서 예기치 못한 산들바람이 갑자기 불면서 일어난 일일 뿐이고, 그렇게 우리는 다시 움직이기 시작한다. 그러나 우리는 어느 방향으로 이끌려 가고 있는가? 에식스로? 북해로? 만약 이 바람이 북풍이라면, 그래서 운이 좋으면, 우리는 프랑스로 가게 될지도 모른다.

2012년 10월 20일 런던에서

줄리언 반스

하늘과 땅과 지하를 떠도는 늙은 오르페우스의 엘레지

2008년 10월 21일 아침, 영국 유수 매체들에 한 여성의 부고가 실렸다. "런던 문단의 별이 지다" 같은 제호는 다소 해묵은 반면, 그녀를 기억하는 '다른 별들'의 추모사는 각별했다. "외모부터 태도와 디테일에 대한 집중력까지 티끌 한 점 찾아볼 수 없었던 사람"이라고 말한 건 영국의 계관 시인 앤드루 모션이었다. "활력 그 자체"라고 말한 건 작가이자 문학비평가 마거릿 드래블이었다. "타의 추종을 불허하는 귀재이자 패셔니스타"라는 말로 일면식이 없는 독자에게까지 그녀의 매혹을 전달하려 애쓴 작가는 조애너 트롤로프였다. 오해하는 독자는 없겠으나 그래도 부연하자면, 그녀는 문단의 별이었으되 작가는 아니었다. 그녀는 '영국의 전설적인 문학 에이전트' 팻 캐바

나다.

문학 에이전트로서 캐바나가 영국 문단에서 차지한 위상은 대단했다. 그녀는 작가도 탄복하는 문학적 감식안으로 앞서 언급된 작가들을 비롯한 수많은 문인을 발굴하거나 후원했다. "예리한 조언과 열정과 건조한 유머 감각과 따뜻한 마음, 그리고 그 아름다움이 그리워질 것이다(로버트 해리스)." 그녀는 수많은 작가를 영감으로 이끄는 길잡이였다. 오스트리아 작가 클라이브 제임스가 "(고급) 수제화를 신은 출판업자들을 발끝까지 떨게 만들었다"고 말했듯 카리스마 넘치는 협상 능력으로 문인들을 든든히 대변했다. 그리고 그 자신이 한 작가의 아내로서 문단 사교계를 이끌었다. 그녀는 북런던 다트무스에 있는 저택으로 친한 작가들을 초대해 파티를 열었는데, 거기서 요리를 도맡은 그녀의 남편은 다름 아닌 줄리언 반스였다.

캐바나의 죽음은 급작스러웠다. 2008년 10월 20일, 거리에서 쓰러진 후 병원으로 옮겨졌고 뇌종양 판정을 받은 지 37일 만에 사망했다. 반스는 침묵했다. 모든 인터뷰를 거절했다. 다만, 작가로서의 본분에 충실했다. 맨부커상을 수상한 『예감은 틀리지 않는다』와 에세이와 단편을 함께 묶은 『그림자를 통해』가 출간되었다. 그러고도 계속 침묵했다. 세상은 예의 두 작품에서 캐바나의 그림자를 찾아내려 했지만, 반스는 줄곧 침묵했다. 놀랄 일은 아니었다. 생전의 캐바나는 세간의 주목을 받는 것을 극구 피했으며, 줄리언 반스도 다르지 않았다.

그리고 5년 만에 그가 마침내 입을 열었다. 『사랑은 그렇게 끝나지 않는다』는 그가 아내에 관해 쓴 유일무이한 '회고록memoir'이자, 그로선 최초로 개인적인 내면을 열어 보인 에세이다. 그러나 첫 장부터 그는 세상이 예상했거나 기대했거나 그래야만 한다고 생각하는 일체의 방식을 벗어나 있었다.

상승과 추락, 사랑과 이별의 비가

『사랑은 그렇게 끝나지 않는다』는 세 이야기의 묶음이다. '비상의 죄(하늘)', '평지에서(땅)' '깊이의 상실(지하)'이라는 각 장의 제목이 암시하듯, 세 개의 수직적인 층위로 이루어진 구성이다. (원제 'Levels of Life'는 직역하면 '인생의 층위들'이다.) 층위가 다르고, 장르적 성격이 다른 세 이야기는 대동소이한 문장으로 시작된다. "이제껏 하나인 적이 없었던 두 가지를 하나로 합쳐보라. 그러면 세상은 변한다." 그리고 이 문장은 한 가닥 실처럼 세 이야기의 바늘귀를 관통한다. 각각 '기구와 상승의 역사적 미담', '기구와 상승의 로맨스', 마지막으로 '추락과 사별의 비가elegy'이다.

첫 번째 이야기, '비상의 죄'에서 반스는 기구 개척자이며, 초창기 사진가 나다르의 실제 역사를 소환해 차분한 시적 르포르타주로 재구성한다. 그가 보기에 나다르는 '인류 최초로 두 가지를 합친' 것으로 세상을 변화시킨 위인이었다. 그는 기구를 타고 '신의 공간'인 하늘을 방문했으며, 그곳에서 사진을 찍는 것으로 '땅에 묶여 있던' 인류의 시점, 즉 시야의 층위를 높였다. 그 덕에 인류는 '신의 시점'에서 스스로를 되돌아볼 수 있었다. '주체가 순식간에 객체가 되는' 이 순간은 아폴로 8호가 달 궤도에서 처음으로 '지구돋이'를 맞이한 것보다 100년가량 앞선 것이었다.

언뜻 '역사적 미담'처럼 읽히는 '비상'의 이미지는 곧 예술의 메타포이기도 하다. 뭇 예술가들에게 나다르의 기구는 "천상으로 자리를 옮긴 한 편의 전원시였다." 그것은 또 '연가'이기도 했으니, 상승과 추락을 동시에 품은 기구 특유의 모순적 속성 때문이었다. 나다르는 보헤미안에 바람둥이였으나 동시에 애처가였다. 하늘을 사랑했으나 땅에 예속되기를 바랐다. 나다르는 아내 에르네스틴을 사랑했다. 부유하던 그의 영혼을 견인한 것은 그녀였다. 그녀가 죽어 땅속에 돌아갔을 때, 그는 더 이상 '땅 위의' 삶을 견디지 못했다.

나다르에 이어 반스는 수많은 '기구 광신자' 중에서도 프레드 버나비를 주목한다. 기구로 최초로 영국해협을 횡단한 버나비는 기구와 사랑을 하나로 합친 또 다른 보헤미안이었다. 그도 나다르만큼 모험을 사랑했고, 사랑을 원했다. 그 대상은 19세기 말의 전설적인 여배우 사라 베르나르였다.

이제껏 함께한 적이 없었던 두 사람을 함께하게 해보라

두 번째 이야기 '평지에서'는 역시 실존 인물이었던 버나비와 베르나르를 허구적으로 합일시킨 로맨스다. 버나비는 기구의 이미지로 베르나르와의 사랑을 꿈꾼다. "그는 그들이 커플이 되어, 떨어져 있던 것을 하나로 이어, 하나의 삶을 이루어 가는 모습을 그려보았다. (중략) 그들은, 위로 날아오르고 있었다." 나다르에게 신의 공간은, 버나비에 와서 (베르나르의 별명이기도 했던) '신성의 사라'로 대치된다.

사랑으로 비상과 합일하고자 했던 버나비의 꿈은 추락과 결별, 죽음으로 끝나고 만다. 그것은 기구와 사랑의 전제 조건이다. "모든 사랑 이야기는 잠재적으로 비탄의 이야기다." 그런데도 "우리는 끊임없이 사랑을 갈망"한다. 버나비에게 사랑은 삶의 새로운 '패턴'이기 때문이다. 패턴은 "버티며 살아가게 하는 힘을 주는 어떤 원칙"이라고 반스는 부연한다. 패턴은 사랑하는 모든 이가 제 한 몸을 담고 싶은 구조이다. 그러나 패턴은 자주, 그런 희망을 배반한다. 기구의 비행이 변덕스러운 바람에 전적으로 기댈 수밖에 없는 것과 마찬가지다. "우리는 평지에, 평평한 면 위에 발을 딛고 산다. 그렇지만, 혹은 그렇기 때문에 우리는 열망한다. 땅의 자식인 우리는 때로 신 못지않게 멀리 가 닿을 수 있다. 누군가는 예술로, 누구는 종교로 날아오른다. 대개의 경우는 사랑으로 날아오른다. 그러나 날아오를 때, 우리는 추락할 수 있다. 푹신한 착륙지는 결코 많지 않다."

'평지에서'의 결말은 비극이다. 반스는 사랑이 끝난 버나비의 부고를 '서둘러' 알린다. 버나비는 수단과의 전투에서 창에 목이 찔려 전사한다. 반스도 아내가 죽었을 때, 목이 창에 찔리는 것 같았을까? 그랬던 모양이다.

사라진 빈 자리는 애초에 그 자리에 있었던 것의 총합보다 크다

세 번째 이야기 '깊이의 상실'에 와서야, 반스는 비로소 아내 이야기를 시작한다. 나다르의 창공의 연대기, 버나비의 평지의 로맨스에 이어 층위상 지하의 이야기이며, 사별의 아픔과 그 아픔에 젖은 사람의 이야기다. 반스는 애처가였다. 30년을 살았고, 사랑했고, 발병 37일 만에 땅에 묻은 그의 아내는 그의 "삶의 심장"이었고, 그의 "심장의 생명"이었다. 그의 고백은 아내의 죽음에 대해 철저히 무능력한 자신을 되돌아보는 것으로 시작한다. 그가 인용한 E. M. 포스터에 따르면 "하나의 죽음은 다른 죽음에 빛줄기조차 비추지 못하"기 때문이었다.

사별 앞에서 느끼는 무능력과 비탄은 소외로 이어지는 사회적 구조에 눈뜨게 한다. 아내가 부재하는 세상의 무관심 앞에서의 탄식("세상이 그녀를 구할 수도 없고 구하려 하지도 않는다면, 도대체 내가 뭣 때문에 세상을 살리는 문제에 관심을 가져야 한단 말인가?"). 아내가 죽은 후, 그녀의 실명을 언급하길 꺼리고, 비탄의 감정을 극복하길 은연중에 강요하는 친구들과 지인들에 대한 분노. '내세의 재회'라는 종교적 환몽에도 기대지 못하는 무신론자의 황량한 현실. 반스는 사별에 대한 고전적이고 세속적이며 기만적인 해법들을 그 자신의 고통스러운 경험담으로 하나씩 헤집는다.

제인 실링이 '비탄의 해부학'이라 명명한 바 있는 이 일화들은 하나의 깨달음으로 귀결한다. 그것은 사별의 슬픔은 '사회적인 금기'인데 정작 문제는 죽음이 아니라 사별로 인해 자신의 우주가 뒤집힌 사람이라는 사실이다. "사별의 슬픔에 젖은 사람은 우울증에 걸린 게 아니라, 다만 적절하게, 합당하게,

수학적으로 정확하게 슬픈 것"이라는 주장은, 사별한 사람에게만 유효한 것이다. "그들이 피하는 건 바로 (사별한) 당신 자신이다."

이제, 새로운 패턴이 들어선다. 죽었으나 지속되는 아내와 다시 살아가는 습관이 생겨난다. 죽은 아내에게 말을 걸고, 죽은 아내를 꿈에서 만난다. 꿈과 기억의 지속이라는 습관은 취향까지 바꿔놓는다. 이해하지 못해 즐길 수 없었던 오페라를 이제 그는 사랑한다. "사랑과 비탄과 희망 때문에 정신이 나간" 오르페우스를 보며 사회가 금기시하고 친구들이 피했던 사랑과 죽음의 테마를 절실하고도 순수하게 폭발시키는 예술임을 그는 깨닫는다. "다른 어떤 예술보다도 명백하게 관객의 마음을 찢어놓는 것이 목표인 예술에 대한 열망"을 꿰뚫어 보게 된 것이다.

반스는 열일곱 살 때 처음 여행을 간 파리의 한 공원에서 실존주의 소설을 읽었다. 그리고 에펠탑은 '올라가지 않았지만' 카타콩브에 '내려갔던 것'을 새삼 기억에 떠올린다. 그는 일찍부터 높이가 아닌 깊이에 천착했다. 이제 사별의 고통은 그를 깊이에 탐닉하게 한다. 그는 사별의 아픔이 사랑의 깊이를 상실하는 데서 생긴 것임을 안다. 그러나 사별 자체를 기피하고 사별의 언어를 표백하는 사회는 그 깊이를 '상상적으로도' 복원할 수 없게 된 지 오래다. 삶의 배면이 죽음이듯, 사별은 생의 배면임을, 사별을 아직 겪지 않은 세상은 보지 못한다. 그는 그 옛날, 나다르가 사진을 찍기 위해서 카타콤으로 내려갔던 것처럼, 혹은 오르페우스가 아내를 찾기 위해 하계로 내려간 것처럼 내려갈 수 없는, 다시 말해 상상의 지하 세계로 내려갈 수 없게 된 현대인의 운명이 얼마나 삭막한지를 지적한다. "고통은 기억에 풍미를 더해준다. 고통은 사랑의 증거다." 그 부조리를 받아들이면서 오르페우스는 사랑에 미친 자를 넘어 사랑의 순도와 삶의 진실에 늘 깨어 있는 자가 된다.

2023년 10월

최세희

추천의 말

이 책은 삶의 여러 층위들이 포개져서 출렁거리고, 인간의 생명 속에 감추어져 있던 켜가 떠올라서 새로운 삶이 전개되는 모습을 기술하고 있다.

삶은 개념이나 언어의 형식으로 존재하는 것이 아니다. 둘은 하나에 하나를 더한 결과가 아니고 둘 자체의 고유한 자리와 기후를 갖는다. 거기에서는 개념의 경계가 헐거워지고 주체와 객체가 서로 스미면서 자아와 상대 사이에 새로운 자리가 빚어진다. 그래서 사랑은 '진실인 동시에 마법'인 것이고, 쾌락의 극대화가 아니라 진정성을 요구하는 행위이다.

사랑하는 사람의 존재를 내면화함으로써 사별의 고통이 새로운 삶의 층위로 펼쳐지는 모습을 이 책은 보여준다. 그것은 일상 속의 개안이며 삶의 드넓은 확장이다.

_김훈(소설가)

에세이와 우화 그리고 사색의 정교하면서도 감동적인 결합.

_조이스 캐럴 오츠(소설가)

누군가를 사랑했고, 그 사랑의 상실로 고통받은 이들은 반드시 읽고 또 읽고 또 읽어야 할 책.

_인디펜던트

종이로 지은 타지마할.

_옵서버

견디기 어려울 정도로 슬프지만, 놀랍도록 아름다운 책. 자기연민과 감상을 일절 배제한, 격언과도 같은 심플함과 고요한 깊이. 사랑의 찬가이자 삶 그 자체로 가득한 책.

_헤럴드

이 책을 읽는다는 것은 하나의 특권이다.

_타임스

사랑의 언어가 번역될 수 없다는 것은 대부분 진실이다. 그러나 반스는 그가 잃은 것이 무엇인지를 강렬하고 섬세한 언어로 생생하게 일깨워 준다.

_선데이 텔레그래프

오직 줄리언 반스와 같은 대가만이 개인적인 고통을 이런 예술적인 걸작으로 승화할 수 있다.

_스타 트리뷴

장인의 놀라운 솜씨이자 상실의 나라에 당도한 이들을 안내하는 슬픔의 가이드북.

_선데이 타임스

평생을 사랑한 파트너에게 바치는 헌사. 애도를 가장 아름답게 고찰한 작품.

_뉴욕 데일리 뉴스

반스가 지금까지 쓴 모든 책 중에 가장 내밀한 책. 우아한 절제와 지금까지 본 적 없는 관점을 통해 아름다움과 예술성을 전달한다.

_마이애미 헤럴드

특별 부록

줄리언 반스가 한국 독자들에게 부치는 조금 긴 주석

상실에 관하여

코로나 이후 지난 18개월을 돌아보면 작가는 세계에서 가장 운 좋은 사람들이었어요. 우리는 오랜 시간 내면세계에 머무는 데 익숙하니까요.

겉보기엔 잘 사는 것 같고 다 괜찮습니다. 계속 책을 쓰고 필요한 것도 다 있죠. 가끔 친구들이 오면 안부도 주고받고요. 하지만 팬데믹으로 인한 심리적 불안이 있는 것 같습니다. 예를 들어 이런 거죠. 밖에 나갔는데 누가 내 앞에서 기침을 하면 2주 뒤에 내가 그것 때문에 끔찍하게 죽을 수도 있잖아요. 제가 다른 사람보다 죽음에 대해 더 많이 생각하긴 하지만 의식적이든 무의식적이든 요즘은 항상 이런 생각이 듭니다. 이런 상황에선 모두가 어느 정도 비사회적이 되는 것 같아요. 그러다

보니 친한 친구는 만나지만 좀 덜 친한 친구는 볼 수 없어요. 친한 친구들한테만 의지하고 계속 만나는 거죠. 그리고 다른 친구들은 잊게 돼요. 그 친구들도 마찬가지죠.

시간을 왜곡하는 현상도 있어요. 시간이 움직이고 돌아가는 방식 말입니다. 저에겐 이런 전조가 13년 전에 있었어요. 아내가 세상을 떠났을 때요. 우린 30년을 함께했는데 그렇게 깊은 슬픔을 경험한 건 처음이었어요.

우리는 30년을 함께했다. 처음 만났을 때 나는 서른두 살이었고, 그녀가 죽었을 때는 쉰여섯 살이었다. 그녀는 내 삶의 심장이었다. 내 심장의 생명이었다.

_『사랑은 그렇게 끝나지 않는다』에서

진단이 내려진 후 죽음이 찾아오기까지는 37일이 걸렸다.

_『사랑은 그렇게 끝나지 않는다』에서

이상하게 시간 감각이 완전히 뒤틀리는 걸 느꼈죠. 아내가 아주 오래전 세상을 떠난 것 같기도 하고 불과 3주 전 일 같기도 했죠. 어떻게 보면 둘 다 사실 같았어요. 참 이상하죠. 이걸 받아들이는 데 몇 년이 걸렸습니다. 어쩔 땐 아내가 아직 살아 있는 것 같다가 나중에는 세상을 뜬 지 5년이나 됐다는 걸 깨닫게 되죠. 어떻게 보면 저는 이미 코로나 시대에 준비돼 있었어요. 시간이 느리게 흐르는 듯한 현상이에요. 그러다 깨달았죠. 제가 지난 6개월을 똑같이 보냈다는 것을요. 아주 빠르게 흘러갔죠. 한 것도 없는데 지나간 느낌이었어요. 소설을 쓰긴 했지만, 삶에서 오는 충만함과 경이로움은 느낄 수 없었습니다.

> 사별의 슬픔에 젖은 사람은 우울증에 걸린 게 아니라 다만 적절하게, 합당하게, 수학적으로 정확하게 슬픈 것이다.
> _『사랑은 그렇게 끝나지 않는다』에서

◆ 2022년에 방영한 EBS 「위대한 수업」 '줄리언 반스: 소설가의 글쓰기' 편의 강연 일부를 편집했습니다.

© Jillian Edelstein, Camera Press London

팻 캐바나 Pat Kavanagh

영국을 대표한 문학 에이전트. 소설가 줄리언 반스의 아내이자 에이전트였으며 그의 평생 문학적 동지였다. 1979년 줄리언 반스와 결혼했으며 2008년 뇌종양으로 세상을 떠났다.

옮긴이 **최세희**

대학에서 영문학을 전공한 후 번역을 해오고 있다. 『우리가 볼 수 없는 모든 빛』 『예감은 틀리지 않는다』 『렛미인』 『사랑은 그렇게 끝나지 않는다』 『사색의 부서』 『깡패단의 방문』 『맨해튼 비치』 등을 우리말로 옮겼으며, 공저로 『이수정 이다혜의 범죄 영화 프로파일』 1, 2가 있다.

사랑은 그렇게 끝나지 않는다

초판 1쇄 발행 2014년 5월 20일
초판 3쇄 발행 2022년 4월 27일
개정판 1쇄 인쇄 2023년 9월 25일
개정판 1쇄 발행 2023년 10월 25일

지은이 줄리언 반스
옮긴이 최세희
펴낸이 김선식

경영총괄 김은영
콘텐츠사업본부장 임보윤
책임편집 박하빈 **디자인** 윤신혜 **책임마케터** 배한진
콘텐츠사업2팀장 김보람 **콘텐츠사업2팀** 박하빈, 이상화, 채윤지, 윤신혜
편집관리팀 조세현, 백설희 **저작권팀** 한승빈, 이슬, 윤제희
마케팅본부장 권장규 **마케팅3팀** 권오권, 배한진
미디어홍보본부장 정명찬 **영상디자인파트** 송현석, 박장미, 김은지, 이소영
브랜드관리팀 안지혜, 오수미, 문윤정, 이예주 **지식교양팀** 이수인, 염아라, 김혜원, 석찬미, 백지은
크리에이티브팀 임유나, 박지수, 변승주, 김화정, 장세진
뉴미디어팀 김민정, 이지은, 홍수경, 서가을 **재무관리팀** 하미선, 윤이경, 김재경, 이보람
인사총무팀 강미숙, 김혜진, 지석배, 황종원 **제작관리팀** 이소현, 최완규, 이지우, 김소영, 김진경, 박예찬
물류관리팀 김형기, 김선진, 한유현, 전태환, 전태연, 양문현, 최창우

펴낸곳 다산북스 **출판등록** 2005년 12월 23일 제313-2005-00277호
주소 경기도 파주시 회동길 490
대표전화 02-702-1724 **팩스** 02-703-2219 **이메일** dasanbooks@dasanbooks.com
홈페이지 www.dasanbooks.com **블로그** blog.naver.com/dasan_books
종이 스마일몬스터 **인쇄·제본** 상지사피앤비 **코팅·후가공** 제이오엘앤피

ISBN 979-11-306-4615-2 04840
979-11-306-4611-4 (전5권)